당신의 계절이 지나가면

주얼

eastend

| 차례 |

스물네 살 그해 여름

모든 것은 항상 있던 그 자리에 그대로였다. 이 여름 동안 사라지거나 변한 건 먼저 세상을 떠난 내 주변 사람들과 내가 좋아했던 그녀, 그리고 점점 시력이 약해져 가는 나의 오른쪽 눈뿐이었다.

스물네 살 그해 여름

거리는 이미 여름으로 가득 차 있었다.

연파란 빛 하늘에는 하얀 뭉게구름이 드문드문 떠 있고, 날카롭게 내리쬐는 뜨거운 햇볕은 빛과 그림자의 경계를 거리 위에 더욱 선명하게 새겼다. 뫼르소에게 살인을 저지르게 했던 태양은 아마 오늘 같은 태양이 아니었을까? 천천히 불어오는 바람은 뜨겁고 눅눅한 공기 덩어리를 계속해서 거리로 밀어 넣었다.

횡단보도를 건너기 위해 파란 불을 기다리는 동안 사람들은 신호등 옆에 설치된 그늘막과 가로수가 만들어 내는 작은 그늘 안에 모여 있었다. 그들은 스마트폰 화면을 바라보거나, 동행과 이야기를 하거나, 아니면 하염없이 도

7

스물네 살 그해 여름

로 반대편의 신호등을 바라보면서 불빛이 파란색으로 바뀌기를 기다리는 중이었다. 나는 사람들 사이에 서서 횡단보도 근처에 있는 소공원을 바라보았다.

소공원의 작은 벤치 위에는 몸을 잔뜩 웅크린 채 옆으로 누워 있는 노숙자 한 명이 보였다. 그는 더운 날씨에도 불구하고 검은색 두툼한 점퍼를 입었고, 점퍼에 달린 모자로 얼굴을 가렸다. 신발은 벗은 채였으며 양말은 한쪽 발에만 신고 있었다. 한 짝은 잃어버렸거나, 어쩌면 처음부터 한 짝만 있던 건지도 몰랐다. 아무런 움직임 없이 웅크리고 누워 있는 그의 모습은 마치 죽은 것처럼 보이기도 했다. 그의 발밑으로 소주와 막걸리 빈 병들이 가지런하게 놓여 있는 걸로 보아 그는 그저 기분 좋게 취해 숙면 중일지도 모를 일이었다.

여름과 공원, 술, 그리고 죽음과 상실. 그 풍경을 바라보고 있는 동안 불현듯 몇 개의 단어들이 머릿속에 떠올랐다. 그리고 그 단어들은 어떤 신호가 되어 내 기억 속 어딘가에 있던 이십 대의 어느 순간들을 생각나게 했다.

내가 스물네 살이었던 그해 여름에 나와 친구는 맥주를 참 많이도 마셨다. 그해 여름은 정말로 숨이 막힐 듯이 더웠으며, 공기는 온몸을 끈적거리게 하는 습기로 가득했다. 우리는 이러한 여름에 지치지 않고 버틸 수 있게 해 주는 건 맥주밖에 없다는 듯이 정말 엄청난 양의 맥주를 매일 밤—그리고 적지 않은 낮에도—마시고 또 마셨다. 만약 그때 마셨던 맥주 캔과 병을 버리지 않고 모두 모았다면 아마 내 방을 가득 채우고도 넘쳤을 것이다.

우리는 일반적인 술집에서는 말할 것도 없고 다양한 장소에서 맥주를 마셨다. 학교 노천극장에서, 동네 슈퍼 앞 평상에서, 집 옥상에서, 건물 계단에서, 개천 둑 위에서, 길거리 벤치에서, 그리고 아파트 주차장에서까지. 우리는 앉을 자리만 있으면, 그리고 작은 과자봉지 하나 펼쳐 놓을 자리만 있으면 아무런 고민 없이 주저앉아 맥주를 마셨다. 술집에서 마시는 것보다 저렴하게 마시려 그런 것도 있지만, 당시 우리는 그냥 그렇게 마시는 게 재미있었다.

수많은 장소 중에서 가장 자주 마신 장소는 바로 동네 놀이터였다. 놀이터는 내가 사는 집과 친구 집 사이의 딱 중간지점이었다. 그래서 그곳은 우리가 만날 때 둘 모두에게 공평한 이동 거리를 보장하는 장소였다. 그게 바로 우리가 놀이터에서 가장 자주 마신 이유였다. 우리는 놀이터 정문 앞에서 만나 바로 앞에 있는 슈퍼에서 캔 맥주 두 개와—물론, 이건 시작일 뿐이다—가장 저렴하면서도 양이 많은 과자를 샀다. 그리고 놀이터 제일 구석에 있는 돌로 된 벤치에 자리를 잡고 둘 사이에 과자 봉지를 뜯어 놓았다. 우리는 캔 맥주를 쉴 새 없이 홀짝거리며 때론 웃기고 때론 진지한, 어쨌든 다음 날이면 맥주의 숙취와 함께 대부분 사라져 버리는 이런저런 쓸데없는 얘기를 참 많이도 했다. 놀이터의 어두운 구석에서 시커먼 남자 둘이 술을 마시며 하루가 멀다고 시끄럽게 떠들어 댔으니 동네 주민들은 우리를 꽤 싫어했을 것이다. 실제로 몇 번은 동네 주민들에게 주의를 듣기도 했다. 하지만 우리는 그런 것은 크게 신경 쓰지 않았다. 사실 당시 우리는 우리의 목소리가 그렇게 큰지 깨닫지 못했다.

그렇게 매일 맥주를 마셔대던 그해 여름에 나는 그 어느 해보다 더 많은 죽음을 마주했다.

장수하시던 외할머니가 100세를 못 채우고 차가운 장맛비가 내리던 날 돌아가셨다. 모두 할머니가 오랫동안 복을 누리며 큰 병 없이 살다 가셨으니 호상이라고 했다. 하지만 엄마는 장례를 치르는 3일 내내 울고 또 울었다. 간암으로 오랫동안 투병 생활을 했던 삼촌도 끝내 돌아가셨다. 새벽에 전화로 소식을 들은 아버지는 아무 말 없이 눈물을 흘리셨고, 난 그때 아버지의 눈물을 처음 보았다. 같은 동

스물네 살 그해 여름

네에 살던 초등학교 동창의 아버님도 갑자기 돌아가셨다. 소식을 듣고 찾아간 장례식장에서 그녀는 초점 없는 눈으로 나를 맞이해 주었다. 나는 위로의 말도 제대로 해주지 못하고 그저 그녀를 바라만 보았다.

그리고 여름이 한창 절정으로 치닫던 8월이 되었을 때, 고등학교 동창이 스스로 목숨을 끊었다. 군 제대 후 다시 수능을 본다며 다니던 대학에 복학하지 않은 채 기숙학원에 들어갔던 친구였다. 나와 그는 고등학교 때 그렇게 친하지는 않았는데, 그가 기숙 학원에 들어가기 전 우연히 길거리에서 그를 마주쳤다. 특별한 이유가 없었음에도 나는 왠지 모르게 그에게 맥주라도 같이 마시자고 말했고, 우리는 편의점 앞 간이 테이블에 앉아 맥주를 한 캔씩 마셨다. 그와 헤어지면서 나는 그에게 열심히 해서 원하는 대학에 꼭 가길 바란다고 얘기했다. 그날 밤 그는 나에게 만나서 반가웠고 고마웠다고 문자를 보냈다.

그리고 그로부터 얼마 뒤 그가 자살했다는 소식을 들었다. 유서를 남기지 않아 그가 왜 자살을 했는지 그 이유는 알 수 없던 것 같았다. 나에게 고마웠다던, 어쩌면 내가 조금이나마 도움을 줬을지도 모르는 그 친구는 그렇게 갑자기 세상에서 사라져 버렸다.

아직은 어색하기만 한 장례식에 어색한 옷차림으로 다

녀오고 나면 나는 항상 친구를 불러 놀이터에서 맥주를 마셨다. 그런 날은 평소보다 맥주를 더 많이 마셨고, 평소보다 더 많이 떠들어 댔다. 그러고는 평소보다 훨씬 더 만신창이로 취해서 집으로 돌아갔다.

여름방학이 거의 끝나가던 어느 날, 나는 짝사랑하던 동아리 후배에게 연락해 학교로 불러내었다. 우리는 학생회관 3층에 있는 자판기 앞에서 만났다. 그곳에선 창문을 통해 운동장이 내려다보였는데, 운동장에는 서쪽으로 저물어가던 태양이 만든 긴 그림자가 드리워져 있었다.

나는 자판기에서 캔커피를 두 개 뽑아 하나를 그녀에게 주었다. 그리고 그녀에게 좋아한다고 고백했다. 2학기에는 너와 캠퍼스 커플이 되어 함께 수업도 듣고 동아리 활동도 하고 싶다고 얘기했다. 내 목소리는 평소보다 낮았고, 살짝 떨렸다. 학생회관 어딘가에 있는 밴드 동아리의 연습실에서 쿵쿵거리는 드럼 소리가 들려왔다. 내 고백을 받은 그녀는 잠시 머뭇거리더니 나를 바라보며 자신을 왜 좋아하느냐고 물었다. 나는 뭔가 멋진 대답을 하고 싶었지만 그러지 못했다. 별다른 이유는 없었다. 그저 좋으니까 좋아하는 것뿐이었다. 그녀는 자신이 실제로는 내가 생각하는 것만큼 좋은 사람이 아니라고 했다. 그래서 금방 실망할 거라 했고, 그러니 자신을 좋아하지 말라고 했다. 나는 무엇을 아니라고 하는 건지도 모른 채 그녀에게 그렇지 않을 거라고 강하게 부정하였다. 하지만 그녀는 나의 고백을 끝내 받아주지 않았다. 그리고 그녀는 따지 않은 캔 커피를 창틀에 올려놓고 뒤돌아 가버렸다. 나는 그 자리에 멍하니 서서 창문을 통해 그녀의 그림자가 운동장을 가로질러 가는 것을 바라보았다. 창틀에 올려진 캔커피의 겉에는 물방울이 맺혀 있었고, 나는 그것을 집어 쓰레기통에 던져 버렸다.

얼마 후 개강했을 때, 나는 그녀가 나보다 한 학번 위 선배와 사귀고 있다는 것을 알게 되었다.

나의 일방적인 고백이 얼마나 바보 같았는지 깨달은 그날 밤에도 나는 어김없이 친구를 놀이터로 불러내었다. 나의 비참한 연애 이야기를 들은 친구는 나를 위로해 주기 위해 집에서 아버지 몰래 조니워커 블랙 한 병을 들고 나왔다. 우리는 마실 줄도 모르는 위스키를 맥주와 섞어 마시며 밤새도록 연애의 어려움에 관해 얘기했고, 시간이 흘러 동쪽 하늘부터 희미한 푸른빛이 감돌기 시작할 즈음 둘 다 정신을 잃고 그대로 벤치에 쓰러졌다. 잠시 후 우리는 누군가 깨우는 소리에 눈을 떴다. 놀이터를 청소하는 환경미화원이었다. 우리는 부끄러움에 벌떡 일어나 얼른 그 자리를 떠났다. 놀이터에서 나오자마자 속이 메슥거리며 신물이 올라오는 것을 느꼈고, 나는 결국 근처에 있던 하수구에 밤새워 마셨던 술을 모두 토해내었다.

며칠 뒤 나는 안과에 갔다. 사물을 바라볼 때 원근감에 이상이 느껴졌고, 종종 있던 편두통과 어지럼증 때문이었다. 증상을 느낀 지는 꽤 됐지만, 그동안 계속 미루고 있던 것이었다. 몇 가지 검사 후 의사는 나에게 녹내장이 의심되고, 현재 오른쪽 눈의 시력이 많이 상실된 상태라고 했다. 정확한 진단은 더 큰 병원으로 가서 정밀 검사를 받아야 한다고 말했다.

오른쪽 눈의 시력 상실이라는 의사의 말을 받아들이는 데는 시간이 필요했다. 처음 그 얘기를 들었을 땐 모두 다 거짓말이고, 뭔가 잘못됐다고 생각했다. 나중에야 오른쪽 눈으로는 세상을 볼 수 없고 왼쪽 눈으로만 봐야 할 수도 있다는 사실을 받아들이게 되었다. 얼마 후 찾아간 대학병원의 의사는 녹내장이 꽤 진행되었고 시력이 많이 약해져 있는 상태이지만, 몇 가지 안약으로 계속해서 관리해주면 완전히 시력을 잃는 일은 없을 거라고 말했다. 대신 평생 정기적으로 검사하고 주의 깊게 관리를 해주어야 한다고 했다. 나는 혹시나 하는 생각에 음주가 원인이 되는

지, 그리고 증상의 진행에 영향을 미치는지 의사에게 물어보았다. 의사는 흡연은 영향을 미치지만 음주는 크게 상관이 없다고 말했다. 그래도 지나친 음주는 좋을 게 없으니 조심은 하는 게 좋지 않겠느냐고 했다.

대학병원에 다녀온 그날 밤에도 나는 놀이터에 갔다. 하지만 친구를 부르지는 않았다. 그리고 맥주도 사 오지 않았다. 오늘 밤에는 이상하게도 맥주를 마시고 싶은 생각이 들지 않았다. 그저 가만히 앉아 조금은 심란한 마음을 차분히 가라앉히고 싶을 뿐이었다.

항상 앉던 구석의 벤치에 앉아 나는 오른쪽 눈을 손바닥으로 가리고 왼쪽 눈으로 놀이터를 천천히 둘러보았다. 정문 오른편에 그네와 시소가, 왼편으로는 다양한 높이의 철봉이 있었다. 그 앞으로 모래밭이, 그 건너편에는 놀이터의 중앙에 미끄럼틀이 있었다. 모든 것은 항상 있던 그 자리에 그대로였다. 이 여름 동안 사라지거나 변한 건 먼저 세상을 떠난 내 주변 사람들과 내가 좋아했던 그녀, 그리고 점점 시력이 약해져 가는 나의 오른쪽 눈뿐이었다.

나는 눈에서 손바닥을 떼고 앞을 바라봤다. 눈의 초점 거리가 갑자기 바뀌면서 살짝 어지러움이 느껴졌다. 나는 잠시 가만히 있다가 고개를 들어 하늘을 바라보았다. 밤하

스물네 살 그해 여름

늘에는 별인지 위성인지 모를 하얀 점 하나가 유독 반짝였다. 그리고 어딘가에서부터 늦여름 밤의 선선한 바람이 불어와 부드럽게 내 몸을 스쳐 지나갔다.

그렇게 스물네 살의 여름은 끝나가고 있었다.

어느새 횡단보도의 신호가 파란불로 바뀌었다. 사람들은 일제히 그늘에서 나와 횡단보도를 건너기 시작했다. 하지만 나는 횡단보도를 건너지 않았다. 그리고 그 자리에 그대로 서서 오른손을 올려 손바닥으로 오른쪽 눈을 가린 상태로 공원의 노숙자를 바라보았다. 그가 누워있는 벤치와 그 옆에 모여져 있는 술병들, 양말을 신지 않은 그의 한쪽 맨발을 바라보았다. 나는 시선을 돌려 거리를 바라보았다. 쨍한 햇빛에 환하게 빛나고 있는 건물들, 아스팔트 위로 흔들리며 올라오는 아지랑이, 그리고 온몸으로 느껴지는 뜨거운 공기가 그곳에 있었다.

나는 오른손을 내리고 두 눈으로 거리를 바라보았다. 그렇게 거리는 이미 여름으로 가득 차 있었다.

늦은 밤 그 길을 걸으며

아니, 어떻게 이렇게 갑자기 없어질 수가 있어? 우리가 여기
서 함께 했던 추억이 얼마나 많았는데. 말도 안 돼. 이건 정말,
마치 우리의 그 많은 추억을 한순간에 빼앗긴 듯한 느낌이라고.
그렇게 생각하지 않아?

늦은 밤 그 길을 걸으며

    새벽 2시. 바로 눈앞에서 나이트 버스가 떠나갔다. 안내 전광판을 보니 다음 버스 도착은 36분 후. 택시를 탈 수도 있지만, 오늘은 왠지 집에 서둘러 들어가고 싶지가 않았다. 버스를 타고 차창 밖의 풍경을 아무 생각 없이 바라보며 천천히 집에 가고 싶었다. 그런데 다음 버스가 올 때까지 36분을 기다리자니 내 스마트폰의 잔여 배터리 양은 1%밖에 남지 않은 상태였다. 스마트폰도 사용하지 못한 채 가만히 앉아서 36분을 기다리는 것은 생각만 해도 지루한 일이었다.

    그래서 나는 다음 정류장까지 걸어가기로 했다. 다행히 4월 말의 밤 공기는 적당하게 부드럽고 포근했다. 다음 정류장까지는 천천히 걸어도 15분이면 충분한 거리였다. 소주와 정종, 그리고 마지막에 마신 맥주는 몸속에서 서로 화학작용을 일으키며 내 정신 상태를 나른하지만 적당히 기분 좋게 만들어 주었다. 이 기분을 즐기며 신선한 밤 공기를 마셔보는 것도 나쁘진 않겠다고 생각했다. 다만 스마트폰의 배터리가 없어 걷는 동안 음악을 듣지 못한다는 것이 아쉬울 뿐이었다.

늦은 시간대인 만큼 거리에는 사람이 없었다. 도로에도 택시들을 제외하면 일반 차량은 거의 다니지 않았다. 나는 우선 혜화 로터리 근처 편의점에서 생수를 한 병 샀다. 편의점에서 나와 물을 한 모금 마시고 정면을 바라보니 혜화 파출소를 중심으로 두 갈래로 갈라진 길이 보였다. 혜화 파출소 오른편으로는 다음 버스 정류장으로 곧바로 이어지는 대로였고, 왼편으로는 주택가를 통과해 성북동으로 연결되는 이면도로였다.

저 이면도로를 마지막으로 걸었던 건 정확히 기억이 나지는 않지만, 꽤 오래전이었다. 최근에는 저 길로 갈 일이 딱히 없기도 했고, 솔직히 일부러 저 길을 피하기도 했다. 왜냐하면 저 길은 이제는 아득해진 내 이십 대의 어느 시간대와 그 시간을 함께 했던 그녀, 선우를 떠오르게 하는 길이었기 때문이다.

내가 왜 그랬는지는 모르겠다. 어쩌면 내 의지하고는 상관없이 이미 술에 취해 나른하고 몽롱해진 정신이 나의 몸을 그렇게 이끈 건지도 몰랐다. 나는 물을 한 모금 더 마시고 대로변이 아닌 이면도로의 초입으로 천천히 걸어 들어 갔다. 이 길로 걸으면 적어도 10분 이상 더 걸리겠지만 난 이미 그런 것은 신경 쓰고 있지 않았다.

난 어느새 이제는 희미해져 가고 있던 어느 시간대의 기억 속으로 접어들고 있었다.

장맛비가 지겹게 내리던 7월의 어느 날, 나는 종로의 한 카페에서 아는 누나의 소개로 선우를 처음 만났다. 나는 그녀를 처음 보았을 때 그녀의 새까만 단발머리와 웃을 때 왼쪽 볼에 작게 생기는 보조개가 마음에 들었다. 그리고 그녀도 나와 똑같이 얼그레이 티를 주문하는 것에 속으로 반가워했다. 그녀는 커피를 마시지 않는다고 했다.

그날 우리는 많은 대화를 나누면서 서로의 취향이 비슷하다는 사실을 알게 되었다. 우리는 대학로 동숭아트센터에서 혼자 영화 보는 것을 좋아했다. 둘 다 영화가 시작될 때 장독대가 있는 정원이 보이던 커다란 창문에 커튼이 닫히는 것을 좋아하는 것까지 같았다. 그리고 우리는 필름

카메라로 사진을 찍는 취미를 이제 막 시작한 참이었다. 그녀의 카메라는 니콘의 FM2였고, 나는 캐논의 AT1이었는데, 둘 다 아버지로부터 물려받은 것이었다. 술은 맥주보다는 소주를 더 좋아했고, 양식보다는 한식을 좋아했으며, 특히 둘 다 평양냉면을 좋아하는 것은 결정적이었다.

첫 만남 이후 몇 번을 더 만나면서 서로의 취향과 생활방식, 생각 등에 관해 시간 가는 줄 모르고 긴 대화를 나누었다. 그리고 따뜻하고 굵은 비가 세차게 내리던 8월의 어느 늦은 밤에 우리는 이미 흠뻑 젖은 운동화를 손에 든 채 맨발로 그녀의 집이 있는 성북동 골목을 걸었고, 그날 나는 그녀에게 사귀자고 말했다. 그녀는 우산 아래서 수줍게 웃으며 나의 고백을 받아주었다.

지방에서 올라온 선우는 성북동에서 자취를 했기 때문에 우리는 대학로에서 자주 데이트를 했다. 그리고 그럴 때면 보통 이 길을 걸어서 그녀의 집까지 함께 가곤 했다. 선우는 이 길을 걷는 것을 특히 좋아했다. 처음 선우가 내 손을 잡고 이 길로 날 데려왔을 때 그녀는 내게 정말 멋진 길을 보여줄 테니 기대해도 좋다고 말했다.

하지만 사실 이 길을 처음 들어섰을 때 나는 딱히 이쁘다거나 매력적이라는 생각이 들지는 않았다. 그저 주택가 사이를 통과하는 한적한 언덕길 정도로만 느껴졌다. 조금은 김이 샌 나의 마음을 눈치챘는지 선우는 내 손을 조금 더 힘차게 잡아당기며 이 길의 진짜 매력은 여기서부터야, 라고 말하고는 나를 언덕 위로 이끌었다. 그리고 언덕 위의 세 갈래 갈림길에 도착했을 때 왼편의 길로 들어가면서 짜잔, 하고 소리 내 말했다.

"여기가 바로 내가 이 길을 사랑하는 이유 중 하나야."

"우와."

나도 모르게 탄성이 나왔다. 그곳에는 길을 따라 돌 하나하나에 세월의 흔적이 느껴지는 한양성곽이 이어졌고, 그 반대편으로 탁 트인 하늘 아래 성북동의 풍경이 펼쳐졌다. 단층 기와집과 5층이 넘지 않는 낮은 주택들이 멀리까지 경사를 따라 자잘한 파도가 넘실거리듯 오밀조밀하게 모여 있었고, 저 멀리 낮은 언덕 너머에는 키 작은 수풀 사이에 웃자란 잡초처럼 솟은 높은 아파트가 보였다. 검은 밤하늘 아래에서 도시가 뿜어내는 은은한 빛들이 한데 뭉쳐서 반짝거리는 풍경은 흡사 은하수가 흐르는 것 같았다. 내가 감탄하며 그 풍경을 바라보자 그녀는 뿌듯한 미소를 지었다.

"나는 여기서 바라보는 이 동네가 좋아. 특히 낮보다는 밤에 바라보는 동네가 더 좋고. 여기서는 내가 사는 곳을 포함해서 그 주변이 한눈에 보이거든. 저기 저쯤이 내가 살고 있는 집이 있는 곳이야. 지은 지 30년도 더 되었을걸. 어쩌면 곧 무너질지도 몰라. 그래도 고지대여서 창문으로 빛도 잘 들어오고 창밖으로 보이는 풍경도 나름 괜찮아. 다만 너도 알다시피 걸어 다니기에는 조금, 아니 많이 힘들어. 사람들이 왜 평지에 있는 아파트에 살고 싶어 하는지 알 것 같아."

선우는 자신의 집이 있는 곳과 그 주변을 손으로 가리키며 계속 얘기했다.

"나는 이 동네를 걸어 다니며 골목골목에 숨어 있는 작은 카페나 식당 등을 찾는 걸 좋아해. 그렇게 찾은 장소를 여기에 올라와서 어디쯤이었는지 다시 한번 확인해보는 거야. 마치 지도를 보면서 그 위치를 짚어 보는 것처럼 말이지. 그렇게 위치를 확인하고 나면 그 장소는 온전히 내가 발견한, 나만 알고 있는 장소가 되는 것 같은 느낌이 들어. 그 기분이 정말로 좋아. 그 느낌이 뭔지 알 수 있겠니?"

나는 선우의 질문에 알 듯 말 듯하다고 답했다. 그녀는 웃으며 말했다.

"너만 괜찮다면 앞으로 우리 같이 동네 탐험을 해보자. 너도 분명 좋아하게 될 거야."

그날 이후로 우리는 그 길을 걸을 때면 그 자리에서 많은 시간을 보냈고, 그만큼 많은 추억도 만들었다. 선선한 바람이 부는 가을밤에 달빛 아래서 첫 키스를 한 곳도, 내가 아이팟에 담아온 음악을 서로의 귀에 한쪽씩 꽂은 이어폰으로 들었던 곳도, 사소한 말다툼으로 선우를 처음 울렸을 때 미안하다고 말하며 그녀를 안아준 곳도 그곳이었다. 그리고 유난히 추웠던 겨울이 지나고 어지럽게 부는 바람에서 희미하게 봄기운이 느껴지던 3월의 어느 날, 우리가 끝내 이별했던 장소도 그곳이었다.

이별에 어떤 특별한 이유는 없었다. 적어도 내가 생각하기에는 그랬다. 우리는 시간이 지날수록 마치 보이지 않는 벽에 막혀 어느 단계를 넘지 못한 채 정체되어 있음을 서로 느꼈다. 그러던 어느 날 우리는 대학로에서 만나 평소와 다를 것 없이 밥을 먹었고 차를 마셨다. 그렇게 일상적인 풍경 안에서 우리는 둘 다 오늘이 마지막이 될 것이란 예감을 어렴풋이 느꼈다.

차를 마시고 나온 우리는 그렇게 하는 게 당연하다는 듯이 혜화 파출소 옆길로 들어가 성북동으로 향하는 그 길을 걷기 시작했다. 나란히 걷고는 있었지만 서로의 손은 각자의 외투 주머니에 넣은 채였고, 둘 다 아무 말 없이 앞만 보며 걸어갔다. 그리고 언덕 위 그곳에 도착했을 때 우리는 그동안 미뤄두었던 일을 어쩔 수 없이 해치워 버리듯 급하게 이별을 했다. 선우가 먼저 나에게 그만 만나자 얘기했고, 나도 그렇게 하는 게 좋을 것 같다고 대답했다.

우리는 그곳에서 헤어졌다. 선우는 자신의 집 방향으로 걸어 내려갔고, 나는 올라왔던 길을 다시 내려가 혜화 로터리로 향했다. 서로 반대 방향으로 향하는 우리의 뒤로 한양성곽만이 묵묵히 서 있었고, 저 멀리 성북동의 야경은 여전히 고요하게 반짝거렸다.

천천히 걷다 보니 어느새 그 장소에 도착했다. 오랜만에 와본 그곳은 예전에 비해 크게 달라진 건 없어 보였다. 단지 성곽의 커다란 돌들이 이전보다 조금 더 때가 탄 듯 보였으며, 새로운 건물들 몇 채가 낡은 건물들 사이에서 비죽비죽 솟아 시야가 예전처럼 트여있지는 않았다.

성북동 쪽을 바라보고 있으니 문득 많은 것이 궁금해졌다. 선우가 살았던 집이 예전 그대로일지, 그럴 리는 없겠지만 혹시라도 그녀가 아직까지 그 집에 그대로 살고 있을지 궁금했다. 또 선우와 함께 동네 탐험을 하며 발견했던 작은 카페와 식당들이 그 자리에 계속 남아 있을지도 궁금했다. 그리고 만약 그녀가 아직도 이 동네에 살고 있다면 지금도 골목골목을 돌아다니며 새로운 장소를 찾고, 이곳에 올라와 그 장소의 위치를 확인하는 습관도 그대로일지 궁금했다.

　하지만 이제는 그 어떤 것도 알 수 없었고, 설령 알게 된다 해도 달라지는 건 아무것도 없었다. 이미 지나가 버린 계절을 다시 되돌릴 수는 없는 일이었다. 내가 할 수 있는 것이라곤 그저 쓴웃음을 지으며 그 계절을 그리워하거나, 혹은 부정하거나, 아니면 그 계절 자체를 망각해 버리는 것밖에는 없었다. 나는 공허해진 기분을 느끼며 발길을 돌려 버스정류장을 향해 걷기 시작했다. 그렇게 걷던 중 골목 안의 한 건물 앞에 다다랐을 때 그 건물이 있던 자리와 관련된 선우와의 추억 하나가 떠올랐다.

　그 자리에는 우리가 동네 탐험을 통해 발견해서 자주 가곤 했던 카페가 있었는데, 어느 날 그 카페가 갑자기 문을 닫았다. 유리창에는 개인 사정으로 영업을 중단한다는 메모만이 붙어있었다. 메모를 본 선우는 정말로 안타까워하며 말했다.

　"아니, 어떻게 이렇게 갑자기 없어질 수가 있어? 우리가 여기서 함께 했던 추억이 얼마나 많았는데. 말도 안 돼. 이건 정말, 마치 우리의 그 많은 추억을 한순간에 빼앗긴 듯한 느낌이라고. 그렇게 생각하지 않아?"

이제는 4층짜리 번듯한 주택이 들어서 있는 그 카페 자리 앞에서 나는 그 추억을 떠올리며 조용히 혼잣말을 중얼거렸다.

　"아마 그 카페가 영원했어도, 우리의 추억은 언젠가는 사라졌을 거야."

늦은 밤 그 길을 걸으며

여름밤의 꿈

그녀는 잠시 나를 물끄러미 바라보더니 곧 시선을 내 뒤편으로 옮겼다. 그녀의 시선이 닿는 곳엔 턴테이블이 있었고, 턴테이블의 바늘은 바이닐의 홈을 따라 〈여름밤의 꿈〉의 마지막을 읽어가고 있었다.

여름밤의 꿈

거의 1년 만에 방문한 Jewel's Room은 변한 것이 없었다. 낮은 조도의 노란빛 전구, 선반에 빼곡히 꽂힌 바이닐과 CD, 조금 낡긴 했지만 여전히 깊고 훌륭한 소리를 내는 탄노이의 스피커, 커다랗게 걸려있는 짐 모리슨의 사진, 각자의 사연을 담고 어지러이 벽에 붙어있는 수많은 메모지, 이곳저곳 긁히고 벗겨진 낡은 테이블과 의자, 그리고 이 모든 것들과 너무나 자연스럽게 어울리고 있는 쿰쿰한 곰팡내까지. 모든 것이 예전 모습 그대로였다. 어쩌면 이곳은 처음부터 이 모습이었을 것만 같았다. 반짝반짝 광이 나는 새것이었을 때의 모습을 상상하기 어려운 곳이었다.

시끌벅적한 번화가와 조용한 주택가의 경계에 있는 이 LP 바를 처음 알게 된 건 약 5년 전 지인의 소개에 의해서였다. 이곳은 바이닐 또는 CD로 오래된 팝과 록, 재즈, 그리고 가요 등을 틀어주는데, 보통 손님들이 신청한 곡 위주였다. 나는 이곳을 알게 된 이후 가끔 혼자서 음악이 듣고 싶을 때, 그리고 음악을 들으며 맥주를 마시고 싶을 때 들르곤 했다. 자주는 아니지만 그래도 꾸준히 방문했더니 사장님 하고도 가벼운 눈인사 정도는 나눌 수 있는 사이가 되었다.

나는 머리가 복잡하고 몸이 지쳐있는 날에는 되도록 이곳에 오지 않았다. 업무에 의한 스트레스가 머리끝까지 가득 찬 그런 날에는 말이다. 나에게 이곳은 흥이 살짝 오르긴 했지만 그렇다고 사람들과 웃고 떠들기는 싫고, 음악에 몸을 맡긴 채 나만의 리듬을 즐기고 싶을 때 오는 곳이었다. 그렇기에 1년 전 회사를 이직한 후 정신없이 바쁘고 지친 상태가 지속된 이후로는 이곳을 방문하고 싶은 생각이 들지 않았다. 다행히 이제는 업무가 익숙해지면서 한결 여유가 생겼기에 드디어 오늘, 오랜만에 이곳을 방문할 수 있었다.

이 LP 바에는 일반적인 테이블 외에 두 개의 긴 바 테

32
여름밤의 꿈

이블이 있는데 하나는 입구로 들어와 바로 오른쪽으로 턴테이블 있는 곳 앞에, 다른 하나는 입구에서 안으로 들어와 바이닐들이 꽂혀있는 왼쪽 벽면의 선반 앞에 있었다. 턴테이블 앞쪽의 테이블은 사장님을 마주 보고 손님들이 일렬로 앉을 수 있는 자리이다. 선반 앞 테이블은 손님들이 서로 마주 보고 앉을 수 있는 형태인데 이 테이블의 한쪽 끝은 벽에 붙어 있고, 다른 한쪽 끝은 연주가 가능할 것처럼 보이지 않는 오래된 피아노에 붙어 있다.

나는 이곳을 방문하면 다른 사람이 먼저 앉아있지 않는 이상 항상 선반 앞 테이블의 피아노 쪽에 붙어 앉는다. 그리고 사장님이 선곡하는, 또는 손님들이 신청하는 음악을 들으며 멍하니 앉아 맥주를 홀짝거린다. 보통은 두 병, 흘러나오는 음악들이 마음에 들어 계속 듣고 싶을 땐 세 병, 혹은 네 병까지.

오늘도 항상 앉는 자리에 앉아 냉장고에서 꺼내 온 블루문 한 병을 테이블에 올려놓고 가게 안을 둘러보았다. 평일인 만큼 손님이 많지는 않았다. 턴테이블이 있는 바 테이블에는 일행으로 보이는 남자 한 명과 여자 두 명이 앉아있었다. 여자 한 명이 술에 취한 듯 부정확한 발음과 큰 목소리로 말하고 있었는데, 다른 두 명은 그런 그녀를 별로 신경 쓰지 않았다. 홀 중앙에 있는 테이블에는 남녀가 앉아 있었는데, 얼핏 보면 아버지와 딸이 아닐까 싶을 정도로 상당히 나이 차가 많아 보였다. 그 둘은 나란히 앉아 어깨를 서로 기댄 채 조용히 얘기를 나누다가도 어느 순간 큰 소리로 웃기를 반복했다.

나는 가게 안의 손님 관찰은 그만두고, 흘러나오는 음악에 귀를 기울이며 블루문을 한 모금씩 천천히 마시기 시작했다.

그녀가 들어온 건 내가 이곳에 온 지 한 시간쯤 지나고 나서였다. 그녀는 문을 열고 들어와 별다른 망설임 없이 내가 앉아있는 테이블의 반대편 끝으로 가 가방을 의자 위에 올려놓고 트렌치코트를 벗어 의자 등받이에 걸쳐 놓았다. 흰색 블라우스에 무릎까지 내려오는 검은색 H라인 스커트, 역시 검은색 굽이 낮은 구두를 매치한 그녀의 옷차림은 용모 규정이 엄격한 회사에서 이제 막 일하기 시작한 신입사원처럼 단정해 보였다. 헤어스타일은 어깨 바로 위까지 내려오는 길이에 머리카락 끝에는 살짝 컬이 들어간 검은색 머리였고, 키는 크지 않았지만 마른 체형 때문에 작다는 느낌이 들지는 않았다.

그녀는 냉장고에서 맥주를 꺼내고 옆에 있는 선반에서 맥주에 어울리는 잔을 집어 들었다. 어색함 없이 맥주와 잔을 스스로 고르는 것을 보니 여기에 자주 오는 손님이 분명했다. 그녀는 자리에 앉아 잔에 맥주를 따르고 가방에서 작은 노트와 펜을 꺼냈다. 그리고 맥주를 조금씩 마셔가며 노트에 뭔가를 쓰기 시작했다.

우리가 앉아 있는 바 테이블은 그렇게 길지 않았기 때문에 양 끝에 앉아 있다고 해도 고개를 돌리면—비록 조명은 어두웠지만—그녀가 자세히 보였다. 그녀는 가끔 맥주를 마실 때를 제외하고는 노트에 시선을 고정하고 있었다. 펜 끝을 입술에 갖다 대기도 하고, 관자놀이 부분을 톡톡 치기도 하면서 한두 줄 정도를 쓰는 것을 보니 뭔가 고심을 하면서 쓰고 있는 것처럼 보였다. 나는 계속 그녀를 보고 있는 게 왠지 민망하기도 해서 시선을 돌린 채 음악에 다시 집중하기 시작했다.

그렇게 맥주를 마시며 음악을 듣고 있다가 나는 화장실에 갔다. 이 곳의 화장실은 문밖 계단실에 있는데 화장실에 들어갔다가 나오니 계단실 창가에서 그녀가 담배를 피우고 있는 것이 보였다. 나는 화장실을 다녀오면서 담배를 피울 생각이었는데 그녀가 있는 것을 보고는 잠시 망설여졌다. 좁은 계단실이었기에 담배를 피우게 되면 그녀와 가깝게 서 있어야만 했다. 나는 그냥 들어갈까 하다가 이내 뭐 어때, 라는 심정으로 담배를 피우고 들어가기로 하고 그녀의 옆에 서서 담배를 꺼내 불을 붙였다. 그녀는 나를 흘깃 본 뒤 새로운 담배 한 대를 입에 물고 피우기 시작했다. 술기운 때문이었을까? 나는 갑자기 그녀에게 말을 걸어보고 싶다는 생각이 들었다.

"이곳에 자주 오시나 봐요?"

그녀는 나의 갑작스러운 질문에 살짝 놀란 듯했지만, 다행히 무시하지는 않았다.

"네, 자주 오는 편이죠. 한 달에 두세 번 정도는 오는 편이에요."

"역시. 그럴 거라고 예상했어요. 앉는 자리나 맥주를 고르는 모습들이 자연스럽게 보였거든요."

"여기 자주 오시나요?"

창밖으로 담배 연기를 가늘게 내뿜으며 이번엔 그녀가 나에게 질문했다.

"자주는 아니고, 그래도 꾸준히 오고는 있죠. 실은 오늘 거의 1년 만에 왔어요. 가끔 혼자서 맥주를 마시고 싶을 때마다 오곤 했는데 최근엔 시간이 잘 안 나서요."

그녀는 말없이 고개를 끄덕이고는 시선을 다시 창밖으로 돌려 담배를 피우기 시작했다. 뭔가 대화를 더 이어나가고 싶었지만 적당한 말이 떠오르지 않아 나도 그냥 담배를 피웠다. 그렇게 잠깐의 정적이 흐른 후 그녀는 반 정도

피운 담배를 재떨이에 버리고 나를 보며 말했다.

"괜찮으시면 같이 한잔하실래요?"

갑작스러운 그녀의 제안에 조금 놀라긴 했지만 거절할 이유도 없었기에 나도 피우던 담배를 버리고 그녀와 함께 자리로 돌아왔다.

그녀는 어느 대기업의 인사팀에서 3년째 근무하고 있는 회사원이었다. 지방에서 올라와 서울에 있는 대학교에 다녔으며, 대학 시절부터 지금까지 이 동네에서 살고 있다고 했다. 이 LP 바도 대학 시절에 했던 밴드 활동을 통해 알게 돼서 거의 10년째 오고 있다고 했다. 우리는 새롭게 가져온 맥주를 마시기 시작했다. 그녀는 마시던 잔에 따라서 마셨고, 나는 그냥 병째로 마셨다.

"그런데 아까 보니까 저기에 뭔가를 계속 쓰고 계시던데요?"

나는 그녀가 한쪽으로 밀어놓은 작은 노트를 가리키며 물어봤다.

"별거 아니에요. 그냥 뭐 이것저것이요. 이런저런 글 쓰는 걸 좋아해요."

그녀는 두 손으로 노트를 들어 페이지를 빠르게 넘기며 얘기했다. 나는 어떤 글을 쓰는지 궁금했지만, 노트를 보여 달라고 하는 건 초면에 예의가 아닌 것 같아 그냥 고개만 끄덕였다. 그녀는 내 마음을 눈치챘는지 본인이 쓰는 글에 관해 조심스럽게 얘기하기 시작했다.

"실은 최근에 짧은 소설을 쓰기 시작했어요. 예전부터 소설을 써보고 싶다고 생각했거든요. 어렸을 땐 잠깐이나마 소설가를 꿈꿨던 적도 있고. 그래서 요즘 퇴근하고 시간 날 때마다 여기에 와서 조금씩 쓰고 있어요."

"많이 쓰셨나요?"

"아니요, 생각만큼 잘 써지진 않네요. 머릿속으로 구상할 때만 해도 금방 그럴듯한 글이 써질 거 같았는데 막상 글로 쓰려고 하면 한 줄 쓰는 것도 힘들어요. 어쩌면 그게 당연하죠. 제대로 써본 적이 없었으니. 그래도 여기 와서 한 줄씩이라도 쓰고 있을 때가 요새는 가장 평온하고, 뭐랄까, 내가 숨 쉬고 있다는 게 느껴지기도 하고 그래요."

그녀는 살짝 수줍은 미소를 지으며 얘기했다.

"혹시 실례가 안 된다면 무슨 내용의 소설을 쓰고 계시는지 물어봐도 괜찮을까요?"

그녀는 노트를 손끝으로 만지작거리며 살짝 망설이는 듯했다. 하지만 맥주를 한 모금 마시고 난 뒤 천천히 소설의 내용을 말하기 시작했다.

"아직 구체적이진 않은데, 특별한 얘긴 아니에요. 우선 사랑 얘기고, 여자 주인공의 사랑 얘기예요. 우연한 기회로 만난 남자와 사랑에 빠지는데, 둘은 서로가 정말 잘 어울린다는 것을 알죠. 하지만 이 남자는 결혼을 약속한 여자 친구가 있었어요. 여자는 그 사실을 처음부터 알았으면서도 이 남자를 사랑해요. 그리고 어쩌면 이 남자를 내 남자로 만들 수도 있겠다는 기대를 잠깐 하죠. 하지만 그건 착오였어요. 남자는 여자 친구를 버릴 수 없었고, 여자도 그런 남자에게 집착할 정도로 마음이 모질지 못했어요. 결국, 둘은 강렬했던 짧은 만남을 정리하죠. 뭐 이런 얘기예요."

그녀는 맥주를 한 모금 마시고 숨을 고른 뒤 다시 말을 이어갔다.

"소설에서 남녀가 우연히 만나는 곳이 바로 여기 LP 바예요. 그리고 마지막으로 헤어지는 장소도 이곳이고요. 제가 잘 알고 좋아하는 장소다 보니 자연스럽게 그렇게 됐죠. 아, 그리고 여기가 소설의 주요 배경인 이유가 또 있어요. 잠시만요."

그녀는 자리에서 일어나 사장님에게 가서 뭔가를 얘기하기 시작했다. 둘은 서로 잘 알고 있는 듯 보였다. 사장님은 고개를 끄덕였고, 그녀는 다시 자리로 돌아왔다.

"사실 예전에 여기서 이 얘기를 구상하고 있을 때 우연히 들었던 노래가 있었는데 그 노래의 가사가 왠지 내 소설 이야기와 잘 맞는다는 느낌이 들었어요. 혹시 이 노래 아시려나요? 옛날 노래인데."

흘러나오던 노래가 끝이 나고 잠깐의 공백이 있었다.

"아, 이제 나오겠다. 들어보세요."

오래된 바이닐에 턴테이블의 바늘이 닿을 때 나는 특유의 둔탁한 지지직거리는 소리 뒤에 노래가 흘러나오기 시작했다. 조금은 구슬픈 느낌의 전주가 지나가고 곧이어 낮고 허스키한 남성의 목소리가 흘러나왔다. 김현식의 목소리였다.

"김현식 목소리 아닌가요? 무슨 노래인지는 모르겠네요."

"맞아요. 김현식의 〈여름밤의 꿈〉이라는 노래예요. 저도 여기서 처음 들었는데, 그 순간이 정말 너무 강렬했죠. 마치 주위의 모든 소리가 사라지고 내 귀에는 오로지 이 노래만이 들리는 듯했어요. 멜로디도 좋았지만 저에겐 가사가 너무나 인상적이었거든요. 가사를 잘 들어보세요."

나는 흘러나오는 노래의 가사에 귀를 기울였다.

깊은 밤 아름다운 그 시간은
이렇게 찾아와 마음을 물들이고

영원한 여름밤의 꿈을 기억하고 있어요

다시 아침이 밝아 와도 잊혀지지 않도록

그녀의 말대로 아름답고 낭만적인 가사였다. 누구라도 이 노래를 듣고 있으면 옛 추억을 떠올리며 애수에 젖을 수 있을 것만 같았다.

"이 노래를 들으면서 그 둘의 사랑은 마치 여름밤의 꿈과 같은 게 아니었을까 생각해봤어요. 짧지만 행복한 꿈을 꾸었고, 비록 그 꿈에서 깼지만 서로 그 꿈을 잊지 않고 소중히 간직하고 있는. 아직 구상이긴 하지만 소설 속에서도 이 노래를 중요한 소재로 사용하고 싶은 생각이 있어요. 그리고 소설의 제목도 여름밤의 꿈으로 하면 어떨까 고민 중이고요."

그녀는 노트의 표지를 쓰다듬는 자신의 손끝을 바라보며 말했다. 나는 순간 그녀의 얼굴에 어떤 미묘한 표정이 희미하게 스쳐 가는 것을 보았다. 마치 회색 구름이 가득한 하늘에서 잔잔한 호수 위로 고요하게 내리는 비를 연상시키는 표정이었다.

그리움. 그 표정은 아련한 그리움을 떠올리게 하는 표정이었다. 그녀는 얼굴을 들어 나를 보며 말했다.

"어때요? 들어보니 역시 특별한 얘기는 아니죠?"

나는 그녀의 소설 얘기를 듣기 시작했을 때부터 머릿속에 떠오른 질문을 해도 괜찮을지 고민이 되었다. 그건 어쩌면 그녀에게 민감한 질문일 수도 있었다. 잠시 망설였지만 나는 결국 그녀에게 물어보기로 했다.

"혹시 지금 쓰고 있는 얘기가 본인의 실제 경험담을 토대로 쓰신 이야기인가요?"

그녀는 잠시 나를 물끄러미 바라보더니 곧 시선을 내 뒤편으로 옮겼다. 그녀의 시선이 닿는 곳엔 턴테이블이 있었고, 턴테이블의 바늘은 바이닐의 홈을 따라 〈여름밤의 꿈〉의 마지막을 읽어가고 있었다. 그녀는 말없이 그곳을 응시하였고, 그건 마치 거기에서 내 질문에 대한 적절한 대답을 찾는 것처럼 보였다. 그녀는 다시 시선을 내려 테이블 위의 노트를 보았다. 그리고 어딘지 모르게 쓸쓸해 보이는 미소를 살짝 지은 채 맥주잔을 들며 말했다.

"아니요, 그냥 소설일 뿐이에요. 소설은 지어낸 허구의 이야기일 뿐이잖아요. 저는 소설을 쓰고 싶어요."

그녀는 맥주를 한 모금 마셨다. 나도 아무 말 없이 그녀를 따라 맥주를 마셨다. 어느덧 〈여름밤의 꿈〉은 끝났고 스피커에서는 다음 곡이 이어서 흘러나왔다.

이후 우리는 남은 맥주를 마저 마시고 우연한 만남을

마쳤다. 그녀는 만약 지금 소설이 잘 써져서 만족할 만한 결과물로 나오면 그땐 회사를 그만두고 본격적으로 소설을 써볼 생각이라고 했다. 나는 분명 그렇게 될 수 있을 거라고, 그녀의 길을 응원한다고, 나중에 유명한 소설가가 되었을 때 나를 모른 척하지 말아 달라고 얘기했다. 그녀는 웃으며 고맙다고 얘기했고, 우린 그렇게 헤어졌다.

그날 이후 나는 일부러 두 번이나 LP 바를 찾았지만, 그녀를 만날 수는 없었다. 나는 그녀의 이름도, 연락처도 알아두지 않은 것을 후회했다. 그녀의 여름밤의 꿈은 어떻게 되고 있을까? 앞으로 그녀를 여기서 다시 만나지 못할 수도 있을 것 같다는 생각이 들었고, 나는 알 수 없는 허전함을 느꼈다. 두 번째 LP 바를 찾은 날, 나는 메모지에 다음과 같은 글을 적어 벽에 붙어있는 수많은 메모지 사이에 붙여 놓았다.

당신의 여름밤의 꿈을 기억하고 있습니다.
언젠가 다시 만날 수 있기를 바랍니다.

그녀가 이 메모를 볼 수 있을 거란 생각은 하지 않았다. 단지 허전한 마음을 조금이라도 달래고 싶을 뿐이었다.

나는 사장님께 김현식의 〈여름밤의 꿈〉을 신청한 뒤 늘 앉던 자리에 앉아 흘러나오는 노래를 들으며 맥주를 마시기 시작했다. 그리고 비어 있는 그녀의 자리를 가만히 바라보았다.

보통의 하루

갑자기 궁금해졌다. 그 당시 우리가 이곳에서 얘기하고 나누었던 그 수많은 계획과 미래의 목표들, 그리고 꿈꾸었던 모습들은 다 어디로 가버린 것일까? 모두 다 흘러가는 저 물에 떠내려간 것일까?

보통의 하루

　　보통 사무실에 출근하면 커피 한 잔을 들고 화장실을 통해 연결되는 이곳 야외 테라스에 오곤 한다. 기본적으로는 담배를 피우기 위해서이지만, 요란하게 뜨거운 바람을 뿜어내는 에어컨 실외기밖에 없는 이 지저분한 곳에 굳이 오는 특별한 이유는 실은 따로 있었다. 그건 바로 이곳에서 보이는 한강 너머의 남산타워를 보기 위해서였다. 저 멀리 작게 보이는 남산타워를 보며 천천히 담배를 피우는 건 반년 전 사무실을 지금 이곳으로 옮긴 뒤 생긴 내 하루의 즐거움 중 하나였다.

　　부드럽고 완만한 곡선을 그리고 있는 남산의 능선 가장 높은 곳에 마치 등반가가 등정을 기념하기 위해 꽂아놓은 깃대처럼 솟아있는 남산타워. 특히 맑은 날 파란 하늘을 배경으로 날렵하게 서 있는 남산타워는 내가 생각하는 서울에서 가장 멋진 풍경 중 하나였으며, 그 모습을 가만히 보고 있으면 나는 마음이 편안해지는 걸 느끼곤 했다. 때때로 한쪽 눈을 감고 원근감을 없앤 채 남산타워를 향해 손을 뻗으면 바로 앞에서 손끝으로 만질 수 있을 것만 같은 착각이 들기도 했다. 그 순간, 이 야외 테라스에서 남산까지 내 시야에 들어오는 공간은 꿈속에서 보는 것처럼 비현실적인 풍경이 되곤 했다. 마치 미셸 공드리 영화의 한 장면처럼.

하지만 오늘 아침에는 하늘 가득 두껍게 깔린 회색빛 먹구름이 남산의 정상 부분까지 낮게 드리워져 남산타워를 가리고 있었다. 안개처럼도 보이는 비구름이 봉우리의 절반 정도를 가리고 있는 모습도 그것대로 신비롭고 환상적으로 보이긴 했지만, 남산타워가 안 보이는 그 모습이 나에게는 왠지 모르게 우울하고 불길한 느낌으로 다가왔다. 정상 부분을 가리고 있는 구름이 걷히고 나면 그 자리에 있어야 할 남산타워가 사라졌거나, 아니면 다른 무엇인가가 대신 서 있을 것만 같았다.

구름이 가득 낀 남산 정상을 바라보며 나는 어젯밤 마신 술의 숙취 때문일 미세한 두통을 느꼈다. 속은 괜찮은데 왜 머리만 아픈 건지는 알 수 없었다. 나는 아마 날씨 때문이라고 생각했다. 지금 서울의 날씨는 흡사 온도가 조금 낮은, 그래서 오히려 오래 있기에는 좋은 습식 사우나 속과 같았다. 묵직하게 불어와 피부에 끈적거리며 달라붙는 바람에선 저 멀리 태평양 어딘가에서부터 실려 왔을지도 모르는 미지근한 습기가 가득 느껴졌다. 그리고 그 습기가 내 머릿속까지 눅눅하게 적시고 두통을 일으키는 것 같았다.

지끈거리는 두통과 함께 머릿속에선 바람이 거세게 부는 것처럼 윙윙대는 소리가 끊임없이 커졌다가 작아지기를 반복하며 울렸다. 그 소리는 누군가 내 머릿속에서 무거운 추를 줄 끝에 매달아 큰 원을 그리며 빠르게 돌리고 있는 모습을 상상하게 했다. 나는 두 개비 째 담배를 입에 물고 라이터로 불을 붙인 뒤 깊게 빨아들인 연기를 천천히 내뿜었다. 담배를 피우면 머릿속의 바람 소리가 그나마 약해지는 것 같기도 했다.

공기에는 마치 곧 비가 쏟아져 내릴 것을 미리 알려주는 듯 진한 비 냄새가 진동했다. 이제 곧 외근을 나가야 하는데 이동하는 중에는 제발 비가 오지 않기를 간절히 바랐다. 온갖 서류와 노트북이 든 가방에 우산까지 들고 빗속을 걸어가고 싶지는 않았다. 그때 저 멀리 남산 꼭대기 부분의 구름이 조금씩 걷히는 것처럼 보였다. 그래서 나는 천천히 담배 연기를 빨아들이며 남산타워가 조금이라도 모습을 나타내길 기다렸다. 왠지 모르게 남산타워를 보면 오늘 나에게 행운이 있을 것만 같다는 생각이 들었다. 하지만 구름은 다시 내려와 남산 꼭대기를 가렸다. 아니, 어쩌면 구름은 계속 그대로였을지도 모른다. 남산타워를 보고 싶은 마음에 내가 착각한 것일 수도 있다. 나는 한숨을 짧게 쉬고 담배꽁초를 휴지통에 버린 후 손을 씻고 사무실로 돌아와 나갈 준비를 했다.

하늘은 나의 소박한 소원을 무참히 비웃듯이 내가 회사에서 나온 순간부터 억수 같은 장대비를 쏟아붓기 시작했다. 한 손에는 우산, 다른 한 손에는 무거운 가방을 든 채무섭게 내리는 빗줄기 속을 걸어 지하철역에 도착했다. 지하철역까지 5분이 채 안 걸리는 시간이 오늘은 유독 길게 느껴졌다. 신발은 그렇다 쳐도, 우산을 썼는데도 불구하고 옷이 대부분 젖어있는 것에 짜증이 밀려왔다. 젖은 가방을 털고 옷매무새를 고치고 있자니 회의 장소로 바로 오는 윤 대리에게도 갑자기 화가 났다. 하지만 사실 윤 대리에게 회의 장소로 바로 오라고 한 건 나였다. 집이 그쪽인데 굳이 회사에 왔다 갈 필요 있겠냐고. 그냥 여유 있게 회의 장소로 바로 오라고, 필요한 건 내가 챙겨갈 테니까 나 신경 쓰지 말고 마음 편히 오라고. 그에게 미소까지 지으며 말했었던 나였다.

이 바보 같은. 괜한 말을 해서.

나도 모르게 속 좁은 푸념을 하며 승강장으로 향하던 중에 지하철이 들어오는 안내방송 소리가 들렸다. 난 가방을 앞으로 끌어안고 서둘러 계단을 뛰어 내려가 지하철에 올라탔다. 출근 시간이 지난 후의 지하철 안은 승객이 앉아있는 자리보다 빈자리가 많을 정도로 한산했고, 냉방이 잘 되고 있어서 조금 춥게 느껴지기도 했다. 나는 빈자리에 앉아 가방을 옆에 내려놓고는 가쁜 숨을 내쉬었다.

사무실에서부터 여기까지 정신없이 오느라 느껴지지 않았던 머릿속의 바람 소리가 다시 들리기 시작했다. 목적지까지 걸리는 시간은 약 20분 정도. 나는 눈을 감고 숨을 고르며 잠을 청해 보았지만, 윙윙거리는 바람 소리가 더욱더 선명해져 잠을 자는 것은 포기하고 그저 눈만 감고 있을 뿐이었다. 그리고 머릿속에 불고 있는 바람은 나를 어느새 어젯밤의 술자리로 데리고 갔다.

"내가 진짜 배당금으로 월 천만 원 찍으면 회사 바로 그만둔다." 주식에 5억 원 가까이 투자해서 굴리고 있는 친구가 말했다. "우와 배당금 월 천? 근데 배당금은 어떻게 받는 거야? 아니, 그것보다 어떻게 주식에 5억 원이나 투자할 수가 있어? 난 지금까지 모은 돈이 5천만 원도 안 되는데." 친구의 말은 내가 도저히 알아들을 수 없는 제삼 세계의 언어처럼 들렸다.

"너 작년에 전세로 이사했지? 그때 무리를 해서라도 아파트를 샀어야 해. 봐봐. 지금 난리 났잖아. 그때 샀으면, 지금 얼마가 오른 거야." 몇 년 전에 대출을 크게 받아 아파트를 산 다른 친구가 말했다. "난 아파트에 살고 싶은 생각 별로 없는데. 아파트보다는 작은 마당이 있는 단독 주택이 더 좋더라고. 물론 그것도 비싼 건 마찬가지지만. 응? 정신 차리라고? 그런데 네 아파트는 얼마나 올랐어? 와, 진짜? 대박이다." 친구에게 일어난 일은 나와는 전혀 관계없는 먼 나라 일처럼 느껴졌다.

이제 더는 어리지 않은 나와 친구들이 만나서 나누는 대화의 주제는 어느샌가부터 서로의 월급, 주식, 아파트, 차, 그리고 나는 아직 없는 아기 얘기에서 크게 벗어나지 않게 되었다. 생각해 보면 별로 재미있지도 않고 서로 관심도 없는 얘기인데 만나기만 하면 격렬하게 술잔을 부딪치며 열을 올려 떠들어 대곤 했다. 이제 모두 사회생활도 짧지 않게 했고, 책임져야 할 가정도 있고, 지출은 늘어가고. 그러니 대화가 예전 이십 대 시절과 같을 수 없는 건 당연한 걸지도 몰랐다.

그래, 당연한 거였다. 더는 그때처럼 생산적이지 않은 주제에 관해 순수하게 열정적으로 떠들고 생각할 수는 없는 노릇이었다. 하지만 분명 그렇게 생각하고 있으면서도 마음 한구석에 조그맣게 웅크리고 있는 그 시절 우리의 모습을 향한 아쉬움과 아련한 그리움이 계속 신경 쓰이는 건 어쩔 수가 없었다.

"이번 역은 서울역, 서울역입니다. 내리실 문은 왼쪽입니다."

음악과 함께 흘러나오는 안내방송에 나는 감고 있던 눈을 천천히 떴다. 눈앞에 보이는 지하철의 커다란 창과 환한 불빛이 나를 다시금 지금 이곳의 현실로 데리고 왔다. 나는 크게 숨을 들이쉬고 가방과 우산을 챙겨 의자에서 일어나 출입문 쪽으로 갔다. 머릿속의 바람은 여전히 멈추지 않고 거세게 불었다.

10시에 시작한 회의는 12시가 다 되어서야 끝이 났다. 나와 윤 대리는 바로 다음 일정이 있다는 핑계를 대며 같이 점심을 먹자는 클라이언트 측의 제안을 사양하고 회의 장소를 빠져나왔다. 업무상 식사는 서로 부담스러운 자리였다. 나는 점심만이라도 편안하게 먹고 싶었다. 그들도 제안을 사양해준 우리에게 분명 고마워하고 있으리라 생각했다.

비는 내리지 않았고, 피부에 부딪히는 공기는 머금고 있던 습기를 다 쏟아낸 듯 아까보다 가볍고 산뜻하게 느껴졌다. 나와 윤 대리는 회의 장소에서 가능한 한 멀리 떨어진 곳으로 이동해 점심을 먹었다. 그리고 카페에 들어가 빈자리를 잡고 커피를 주문했다. 카페에는 이제 얼마 남지 않은 소중한 점심시간의 끝을 어떻게든 놓치지 않으려는 직장인들로 가득했다. 그들은 마치 지금이 아니면 다시는 기회가 없다는 듯 서로 경쟁적으로 크게 웃고 떠들어 대는 것처럼 보였다. 그들의 모습을 보고 있으니 지금 이 한 시간의 점심시간이 하루의 업무시간 중 유일하게 긴장을 풀고 여유로운 호흡을 할 수 있는 시간이라는 생각이 들어 안타까웠다. 그리고 나도 저들과 다를 바 없다는 것에 기분이 조금 씁쓸해졌다.

"과장님, 저 사실 드릴 말씀이 있어요."

건너편에 앉은 윤 대리가 커피를 마시다 말고 조심스럽게 내게 말했다. 1시가 넘어가면서 그 많았던 사람들이 어느 순간 다 사라지고 카페에는 음악 소리만이 잔잔하게 흘렀다. 그렇게 많은 사람들이 다들 어딘가 들어가서 책상에 앉아 각자의 일을 하고 있다고 생각하니 뭔가 묘한 기분이 들었다. 윤 대리는 조만간 회사를 그만둘 생각이라고 말했다. 나는 속으로 많이 놀랐지만 태연한 척 무슨 일이냐고 물었다. 윤 대리는 자신이 진짜 원하는 일을 찾기 위해 우선 회사를 그만두고 시간을 가지며 생각도 해보고 공부도 더 해보고 싶다고 했다.

자신이 진짜 원하는 일. 그 말이 가슴 떨리는 말이면서도 동시에 조금은 어리석어 보이고 비현실적인 말이라는 생각이 들었다. 그리고 궁금해졌다. 내가 진짜 원하는 일은 무엇인지. 그리고 그것을 위해 나도 지금의 윤 대리와 같은 선택을 할 수 있을지.

나는 윤 대리에게 그동안 함께 해서 좋았는데 아쉽다고, 고생 많았다고, 그리고 앞으로의 시간을 응원한다고 말해줬다. 이것 말고는 딱히 더 해줄 말이 생각나지 않았다. 머릿속에서 윙윙거리는 바람 소리가 더 크게 들려와 어떤 생각도 더는 할 수가 없었다.

카페에서 나와 회사로 다시 복귀하기 위해 지하철역으로 가는 도중 다른 프로젝트의 클라이언트에게 전화가 왔다. 잠깐 만나서 중요한 협의를 하고 싶은데 미안하지만 혹시 지금 바로 와줄 수 있겠냐고 묻는 전화였다. 정중하게 가능 여부를 묻는 것처럼 얘기했지만 실은 당장 들어오라는 얘기였다. 나는 윤 대리를—빗속을 뚫고 무겁게 들고 온 노트북과 함께—회사로 복귀시키고 혼자서 가기로 했다.

클라이언트의 사무실 위치는 창동역 근처인데, 내가 태어나서 불과 5년 전까지 살던 곳 근처였다. 어린 시절의 추억이 가득한, 그래서 항상 애틋한 나의 고향이라면 고향일 수 있는 곳이었다. 시간만 되면 자주 가고 싶은 곳이긴 하지만 업무 때문에 가는 건 썩 마음에 들지 않았다.

클라이언트와 굳이 만나지 않고 전화로 얘기했어도 충분했을 이런저런 얘기를 하고 나오니 시간은 벌써 4시를 넘어 있었다. 회사에 복귀할까 말까 고민하는 사이 내 발걸음은 나도 모르게 중랑천 쪽을 향하고 있었다. 왜 그랬는지는 알 수 없었다. 무의식중에 옛 추억이 떠올라서였을까?

그렇게 중랑천에 도착해 보니 며칠간 계속된 장맛비 탓에 물은 엄청나게 불었고, 그 거대한 흙탕물은 이미 천변의 모든 것을 집어삼킨 채 격렬하게 흐르고 있었다. 그 모습은 어떤 의미에서 볼만한 구경거리였기에 창동교 위에는 꽤 많은 사람이 서서 흘러가는 중랑천을 바라보았다.

보통의 하루

그럴 의도가 있던 건 아니었는데 나도 자연스럽게 그중의 한 명이 되어 흘러가는 물을 가만히 바라보았다. 그리고 그 물을 바라보며 이십 대 시절에 친구들과 하루가 멀다고 중랑천 둑 위에 앉아 맥주를 마시며 생산적이지 않은 주제에 관해 열정적으로 떠들어 댔었던 기억을 떠올렸다.

갑자기 궁금해졌다. 그 당시 우리가 이곳에서 얘기하고 나누었던 그 수많은 계획과 미래의 목표들, 그리고 꿈꾸었던 모습들은 다 어디로 가버린 것일까? 모두 다 흘러가는 저 물에 떠내려간 것일까? 중랑천은 여전히 그때와 같은 자리에서 흐르고 있지만 나는, 그리고 우리는 어느 순간부터 이곳에서 조금씩 멀어져 이제는 너무 먼 곳으로 가 버린 것만 같았다. 이곳으로 다시 돌아오기엔 그에 따르는 희생을 감당할 용기가 이제 나에겐 없었다.

나는 세차게 흐르는 물을 바라보다가 하늘로 시선을 옮겼다. 어딘가에서 차량 경적이 울렸고, 몇 마리의 새들이 회색빛 하늘을 가로질러 날아갔다.

이후 내가 명동으로 이동한 건 갑자기 남산타워가 보고 싶어졌기 때문이었다. 나 자신도 이유를 알 수 없는 정말 갑작스러운 충동이었다. 어쩌면 매일 아침 사무실 건물에서 보던 남산타워를 오늘은 보지 못해서 그런 것인지도 몰랐다. 나도 모르게 이제 하루에 한 번 이상 남산타워를 봐야만 하는 어떤 징크스 같은 것이 생겨버린 것 같았다.

명동역 출구로 올라오자 바로 남산타워가 보였다. 하늘의 구름은 많이 갠 상태였고 남산타워는 여전히 남산의 꼭대기 그 자리에 변함없이 서 있었다. 나는 명동거리의 초입에 서서 그 모습을 가만히 바라보았다. 단지 그것뿐이었다. 별다른 감흥이 있거나 하지는 않았다. 그저 이제 오늘 하루도 이렇게 마무리하면 되겠다는 생각이 들 뿐이었다.

그냥 집으로 가기엔 뭔가 아쉬워 근처를 서성거렸고, 우연히 찾게 된 한 편집매장에서 김종서의 2집 앨범 중고 바이닐을 발견해 샀다. 운 좋게 예상 못 했던 보물을 발견한 기분이었고, 집에 가서 음반을 들을 생각에 설레는 마음으로 버스를 타고 집으로 향하였다. 오후 7시가 넘어가자 하늘은 서쪽부터 서서히 주홍빛으로 물들기 시작했다. 회색빛 먹구름만이 가득했던 아침의 하늘과는 완전히 다른 아름답고 경이로워 보이는 하늘의 모습이었다. 그 모습은 마치 오늘 하루도 잘 견뎌낸 나에게 하늘이 주는 선물처럼 느껴졌다.

집으로 가는 버스에 올라 타 차창 너머로 하늘에 번지고 있는 노을을 바라보며, 지나간 시간이 그립고 지금의 현실이 마음에 안 들기도 하지만 이렇게 현실을 살아가고 있기에 예상치 못한 선물을 받는 것 같다고 생각했다. 문득 머릿속의 바람이 이제는 불지 않는다는 것을 깨달았다. 머릿속엔 폭풍우가 지나가고 난 뒤의 호수와 같은 고요함만이 가득했다. 나는 살며시 미소를 지으며 고개를 돌려 버스 뒤로 멀어져 가는 남산타워를 가만히 바라보았다.

I wish your love and peace

하지만 개인적으로는 조심스럽게 이런 생각을 해요. 슬픔과 고민, 절망 속에서도 하루하루 새로운 날을 맞이할 수 있다는 게, 내가 숨이 붙어 있다는 걸 느낄 수 있다는 게 조금이라도 더 의미 있는 게 아닐까 하는.

I wish your love and peace

매미 소리였다.

그녀는 문득 귓가에서 울리고 있는 매미 소리를 깨달 았다. 맴 맴하고 들려오는 매미 소리. 그 소리는 덕수궁 돌 담 저 안쪽에서부터 들려오는 소리였다. 그녀는 매미 소리 가 낯설게 느껴졌다. 마지막으로 매미 소리를 들은 게 언 제였더라? 그러고 보니 서울에 올라온 뒤로는 여름에 매 미가 우는 소리를 들어본 기억이 없는 것 같았다. 아니, 분 명 듣긴 했을 테지만 그녀가 그 소리를 신경 써서 인지했 던 적은 없었던 것 같다. 서울에도 분명 매미들은 있고, 서 울의 매미들이 지방 매미보다 작게 울지는 않았을 것이다. 하지만 매미들이 죽어라 우는 소리보다 시끄러운 도시의 온갖 소음들, 그리고 그보다 더 시끄럽고 정신을 혼란스럽게 만들었던 그녀 내면의 온갖 아우성들이 아마도 그녀가 매미 소리에 신경 쓸 겨를을 주지 않았을 것이다.

그녀는 오랜만에 깨달은 여름의 매미 소리가 반가웠다. 걸음 속도를 늦춰 매미가 우는 소리에 집중하며 거리를 걷고 있으니 문득 어렸을 적 여름의 풍경이 생각났다. 무더운 여름날 방과 후에 운동장 수돗가에서 친구들과 교복이 흠뻑 젖을 정도로 서로 신나게 물을 뿌리며 놀았던 기억, 여름방학에 두근거리는 마음으로 친구들과 수영장에 놀러 가 혹시나 동네 아는 남자애들을 만나진 않을까 걱정했던 기억, 수영장에서 피부가 새빨갛게 익은 채 돌아와서는 엄마가 얇게 저며 준 오이를 얼굴과 목, 어깨와 팔에 잔뜩 붙인 채 선풍기 앞에서 수박을 먹으며 TV를 봤던 기억, 그리고 며칠 후 군데군데 일어난 허물을 하나씩 조심스럽게 벗겨 내고는 얼룩덜룩해진 피부를 보면서 속상해했던 기억. 그 모든 여름의 기억들 어딘가에선 항상 매미가 울고 있던 것 같았다.

중학교 1학년, 열다섯 살. 지금으로부터 이십 년 전. 그녀는 아무 걱정도 없이 친구들과 어울리며 웃고 떠들었던 그때의 자신이 어쩌면 지금까지의 모든 모습 중 가장 행복한 모습이 아니었을까 생각해 보았다. 진학, 입시, 가족, 취업, 사회생활. 그 어떤 고민도 없이 순수하게 하루하루를 설레는 마음으로 보냈던 시절. 만약 시간을 선택하여 되돌아갈 수만 있다면 그녀는 그때로 돌아가고 싶었다. 그리고 그 순간에서 시간이 흐르지 않고 멈춰 그때의 모습이 영원했으면, 그래서 지금의 자신이 없었으면 좋겠다고 생각했다.

생각에 잠긴 채 천천히 걷다 보니 어느새 클라이언트의 사무실 앞이었다. 그녀는 갑자기 가슴이 갑갑해지고 심장 박동이 빨라지기 시작한 걸 느꼈다. 오늘 회의는 그녀가 지금 담당하고 있는 프로젝트의 진행에서 매우 중요한 회의였다. 그렇기에 오늘을 위해 몇 주 전부터 극심한 스트레스를 받으며 자료를 준비하고 프레젠테이션을 연습했다. 그 과정이 헛되지 않으려면 준비한 것들을 클라이언트에게 실수 없이 전달하고 설득시켜야만 한다. 그녀는 깊게 숨을 들이쉬고 옷매무새를 다시 한번 점검했다. 오는 길에 떠올렸던 어린 시절의 낭만 가득했던 추억들은 이미 머릿속에서 사라져버렸다. 그녀는 건물의 회전문을 밀고 로비로 들어갔다.

유진 씨 오늘 회의는 무사히 마쳤어요?

회의가 끝나고 그의 메시지를 확인했다. 하지만 그녀는 바로 답을 하지 않았다. 회의 시간 내내 극도로 집중했던 탓인지 그녀는 거의 탈진 상태 비슷하게 되어 버렸다. 그녀는 우선 이 사무실로부터 멀리 떨어진 곳으로 가고 싶었고, 그래서 아직은 햇살이 뜨거운 거리를 10분 이상 걸어 무교동 골목길 안에 있는 카페에 들어갔다. 인근 직장인들을 대상으로 하는 카페인지라 한창 업무시간인 4시경의 카페 안은 한산했다. 그녀는 연하게 주문한 아이스 아메리카노를 마시고 천천히 숨을 내쉬며 마음의 여유를 되찾았다. 그리고 가방에서 스마트폰을 꺼내 그에게 메시지를 보냈다.

네 다행히 별문제 없이 잘 끝났어요
회의 내내 긴장돼 죽는 줄ㅋㅋ

그녀는 마지막에 적은 ㅋㅋ가 너무 장난스럽고 가벼워 보이는 것 같아 살짝 후회되었다. 하지만 이미 그가 메시지를 확인해 버린 뒤였다. 그녀는 뭐 어때, 라고 생각하며 스마트폰을 테이블 위에 내려놓고 통유리를 통해 보이는 골목길의 풍경을 멍하니 바라보았다. 건너편 식당 앞 화단에는 방금 물을 줬는지 화초의 초록 잎들 위에 투명한 물방울들이 알알이 맺혀 여름 햇살에 반짝였다.

진짜 고생 많았어요ㅠㅠ

오늘 혹시 퇴근하고 약속 있어요?

같이 저녁 먹을래요? 그동안 회의 준비하느라 고생했는데 내가 맛있는 거 사줄게요

그로부터 메시지가 연달아 왔다. 오늘은 회의 결과가 어떨지 몰라 회의 이후 일정은 아무것도 잡아놓지 않았다. 다행히도 결과가 나쁘지 않아 다시 회사에 복귀해 급하게 처리해야 할 일은 없었다. 그리고 오늘은 금요일이니 지금 여기서 바로 퇴근한다고 해도 괜찮을 것 같았다. 그녀는 잠깐 고민하다가 그에게 메시지를 보냈다.

좋아요. 대신 저 지금 을지로 근처에 있는데 이쪽으로 와줄 수 있어요?

그녀가 스마트폰을 내려놓고 커피 한 모금을 채 마시기도 전에 그에게서 답이 왔다.

을지로 완전 좋죠 금방 갈게요 조금만 기다려요ㅎㅎ

아저씨같이 ㅎㅎ가 뭐야. 그녀는 그의 메시지를 보고 피식 미소 지었다.

그를 만난 건 2주 전 대학교 선배 언니의 소개를 통해서였다. 그는 언니 남편의 직장 동료였는데, 1년 전에 퇴사하고 대학원에 들어가 박사과정을 이수 중이었다. 그녀보다 나이가 세 살 많은 박사과정의 학생. 언니가 알려준 현재 그의 프로필이었다. 뭔가 있어보이지만, 사실 그건 적지 않은 나이에 미래가 확실하지 않은 백수와 같은 말이었다. 그녀는 그에게 그렇게 강하게 끌리진 않았지만 언니가 정말 괜찮은 사람이라며 부담스러울 만큼 적극적으로 추천하기도 했고, 무료한 일상에 뭔가 소소한 이벤트가 되지 않을까 싶은 마음에 그와의 소개팅을 수락하였다.

그녀의 예상과는 달리 그는 조금 엉뚱하고, 낙천적이며, 어떤 면에서 굉장히 독특한 사람이었다. 박사과정이라는 말에 그녀가 예상했던 진지하고, 학구적이고, 어느 정도 잘난 체하는 모습—그녀가 지금까지 만나봤던 몇 안 되던 남자 박사들의 모습—은 아니었다. 그는 스스로 공부에 별 관심이 없고, 학위를 받는 것에도 크게 욕심이 없다고 말했다. 그저 회사를 그만두고 가만히 있자니 어색하기도 해서 뭐라도 해볼까 하는 생각에 박사과정에 지원했다고 했다. 뭔가 평범한 사람은 아니라고 그녀는 생각했다.

그녀는 소개팅 이후 지금까지 그를 총 두 번 만났다. 그는 유쾌하고 농담도 잘해서 만나면 즐겁고 시간이 잘 갔다. 그리고 그의 짙은 검은색 눈동자와 은은한 미소에선 이유를 알 수 없는 신뢰감이 느껴져서 그녀는 이런저런 여러 얘기를 부담 없이 그에게 털어놓곤 했다. 그는 그 얘기들을 진지하지만 무겁지는 않게 들어주었다. 그리고 위로가 필요한 순간에는 너무 부담스럽지도, 그렇다고 너무 성의 없지도 않게 딱 적당한 수준으로 그녀를 위로해 주었다. 그녀는 어느 순간 그에게 호감을 느꼈다. 만약 그가 먼저 자신에게 다가와 준다면 충분히 진지한 관계를 시작할 생각이 있었다.

"더 맛있는 거 사주고 싶었는데. 정말 여기 괜찮아요?"

"왜요, 전 이런 분위기 좋은데. 아직 배도 고프지 않아서 맥주에 노가리면 충분해요. 맛있는 거는 2차에서 먹죠, 뭐."

두 사람은 을지로 노가리 골목의 노상 테이블에 앉았다. 아직 6시도 안 된 시간이었지만 골목길의 테이블들은 빈자리를 찾아볼 수 없을 정도로 꽉 차 있었다. 수많은 사람이 골목길을 가득 채웠고 그들의 대부분은 이십 대처럼 보였다. 그녀는 나이가 들면서 자신보다 어린 사람들 틈에 있는 게 점점 더 부담스럽게 느껴졌지만, 오늘은 그런 거 신경 쓰지 말고 그냥 왁자지껄한 분위기 속에 있고 싶었다.

6시가 넘어가면서 한낮의 더위는 누그러지고 어느덧 선선한 저녁 공기가 피부로 느껴지기 시작했다. 주위의 사람들은 모두 즐겁고 행복한 표정으로 크게 웃으며 여름밤의 낭만을 즐기는 듯 보였다. 시끌벅적한 을지로 골목의 분위기 속에서 그녀는 자신이 마시고 있는 시원한 생맥주가 그 어느 때보다 맛있다고 생각했고, 지금 이 순간이 너무나 편하고 여유 있다고 느꼈다.

"회사 따위는 그만두고 매일 이런 데 와서 놀 수 있으면 좋겠어요."

그녀는 맥주잔 표면에 맺힌 물기를 손가락으로 닦아내며 조금은 자조적인 목소리로 말했다.

"회사 일이 많이 힘들어요?"

그는 그녀의 얼굴을 보며 맥주를 한 모금 마셨다.

"힘들죠. 아직도 모르는 게 산더미인데 나이 좀 먹었다고 내가 책임져야 할 일들은 점점 늘어나기만 하고. 그런 기분 알아요? 중요한 프로젝트는 맡아야 하는데 어떻게 해야 할지는 전혀 모르겠고, 그렇다고 못하겠습니다, 라고는 말할 수 없을 때의 기분. 정말 그럴 땐 울고 싶어져요. 아니, 실제로 많이 울기도 했어요. 물론 아무도 모르게 몰래 울었지만."

근처 어딘가에서 여자 여럿이 크게 까르르 웃는 소리가 들렸다.

"오히려 아무것도 모른 채 시키는 일만 했던 입사 초기 시절이 제일 재밌게 회사에 다녔던 시기가 아니었나 싶어요. 월급이야 지금보다 형편없이 적었지만, 그래도 그땐 일이 어렵다고 울지는 않았으니까요."

그녀는 자신도 모르게 너무나 자연스럽게 말이 나와 스스로 조금 놀랐다. 맥주의 취기가 어느 정도 영향을 주긴 했겠지만, 그래도 일하면서 울었다느니 하는 말들은 아직 그에게 말하기에는 부끄러운 얘기였다. 그녀는 그의 표정을 조심스럽게 살피며 그에게 말했다.

"죄송해요, 이런 얘기 재미없죠? 회사 생활이 다 그렇고 그런 건데. 회사가 힘들다면서 징징거리기나 하고. 선우 씨도 이런 얘기 듣기 싫을 텐데 말이에요."

그녀의 말을 들은 그는 갑자기 잔에 남아 있던 맥주를 한 번에 다 마시고는 그녀를 바라보며 말했다.

"아니요. 저 그런 얘기는 누구보다 잘 들어줄 수 있어요. 전 이미 그 단계를 겪고 회사를 나왔잖아요. 그런 얘기라면 우리는 말이 잘 통할 것 같은데요?"

그는 옆에 두었던 가방을 들고 일어서며 그녀에게 말했다.

"우리 장소 옮겨요. 여긴 너무 시끄러워요. 조용한 곳에서 와인 한잔하며 차근차근 얘기해 봐요. 제가 잘 아는 와인바가 있는데 거기서 한 잔 살게요."

그리고 그는 장난스러운 미소를 지은 채 테이블 위에 놓여 있던 계산서를 그녀에게 내밀며 말했다.

"대신 여긴 유진 씨가 계산해요."

좁고 허름한 을지로 인쇄 골목의 안쪽, 모르는 사람은 찾기도 힘들 것 같은 위치에 있는 작지만 감각적인 분위기의 와인바였다. 붉은빛 조명으로 포인트를 준 와인바에는 세련된 비트의 라운지 음악이 조용히 흘렀다. 아직 시간이 이른 건지 다른 손님은 없었다. 그들은 길게 설치된 바 테이블에 나란히 앉아 피노 누아 한 병과 치즈 플래터를 주문했다. 조금 전까지 있었던 노가리 골목과는 완전히 다른 분위기였다. 그녀는 조금 전 그곳에서의 기억이 마치 오래된 꿈이었던 것처럼 느껴졌다.

적당히 어두운 조명과 감각적인 음악, 그리고 부드럽

게 목을 넘어가는 피노 누아는 그들의 대화를 보다 솔직하고 친밀하게 만들어 주었다. 그녀는 회사에서 느끼는 부담과 자신의 미래에 관한 걱정, 타향 생활에서 느끼는 외로움, 그리고 나이가 들면서 점점 어른이 되어간다는 두려움을 그에게 작은 목소리로 하나하나 털어놓았다. 오늘 낮에 떠올렸던 어린 시절 여름날의 추억과 그때로 다시 돌아가고 싶다는 생각, 그리고 시간이 흘러 지금의 모습이 된 자신이 싫다는 얘기도 했다. 그는 그녀의 눈을 바라보며 진지한 표정으로 가만히 얘기를 들어주었고, 때때로 차분한 목소리로 위로와 함께 자신의 경험을 그녀에게 말해 주었다.

분위기가 무르익자 그녀는 조금 더 내면 깊숙이 숨겨 놓았던 이야기를 그에게 했다.

"부끄러운 얘기지만, 전 최근에 더 살고 싶지 않다고 생각했어요. 다음 날 눈을 뜨는 게 너무 두려웠고, 회사를 포함한 모든 것들을 전부 포기하고 싶었거든요. 아무에게도 말하지 않고, 아무도 알지 못하게 그냥 이 세상에서 연기처럼 사라져 버릴 수만 있다면 얼마나 좋을까 하고 생각했죠. 물론 그런 일은 일어나지도 않고 스스로 그럴 용기도 없어서 그저 하루하루를 버텨 나가고는 있지만, 이런 생각이 계속 반복될 것만 같아 전 두려워요."

그녀는 와인 잔의 베이스 부분을 잡고 빙글빙글 돌리며 잔 안의 와인이 흔들리는 모습을 가만히 보았다. 말을 하고 나니 감정이 복받치며 눈시울이 뜨거워졌다. 그래도 그에게 우는 모습을 보이기는 싫어서 눈물이 나오려 하는 것을 꾹 참았다. 하지만 그는 이미 알아채고는 조용히 그녀에게 냅킨을 건넸다.

"부끄럽긴 뭐가 부끄러워요. 유진 씨가 느끼는 감정을 부끄러워할 필요 없어요. 누구도 뭐라 하지 않아요."

그는 와인 잔을 들어 남아 있던 와인을 마시고 새로 와인을 따르며 말했다.

"혹시 제가 유진 씨에게 제 형제 관계를 말한 적 있었나요?"

"형이 한 명 있다고 말하지 않았었나요? 나이 차가 많이 나는."

"맞아요. 그렇게 말했었죠. 저보다 여덟 살 많은 형이 한 명 있다고. 근데 실은 저에게 누나가 한 명 더 있어요. 아니, 있었죠."

그는 와인 잔을 잡고 있던 손을 들어 손바닥을 물끄러미 바라보며 말했다. 그 모습은 마치 손바닥의 손금에서 그가 할 말을 찾아내는 듯 보였다. 그녀는 그를 의아한 눈빛으로 바라보며 말했다.

"있었다니. 그게 무슨 의미예요?"

"말 그대로예요. 누나가 있었죠. 그리고 먼저 세상을 떠나서 지금은 없어요. 누나는 서른두 살에 스스로 목숨을 끊었어요. 유서도 남기지 않아 왜 그런 선택을 했는지는 아무도 몰라요. 아마 누나는 누구도 이해할 수 없는 깊고 어두운 괴로움과 무서움 속에서 살고 있었을 거라고 짐작만 할 수 있을 뿐이죠. 그리고 그 괴로움과 두려움 속에서 할 수 있던 선택은 그것밖에 없었는지도 몰라요. 누나가 죽은 지 벌써 10년도 넘었지만 전 아직 그때 누나가 느꼈을 감정들을 알 수가 없어요. 아마 영영 알 수 없을 거예요."

그는 한 번 숨을 골랐다. 그녀는 말없이 그를 바라보았다.

"누나가 죽었을 때가 서른두 살이었어요. 지금도 계속 서른두 살로 남아있죠. 저는 벌써 누나 나이를 훨씬 뛰어넘어서 서른여덟 살이 되었어요. 그래도 그녀는 누나이고 전 동생이죠. 가끔은 누나가 부럽다는 생각이 들기도 해요. 누나는 언제까지나 서른두 살의 젊고 아름다운 모습으로 남아 있는데 저는 이미 아저씨가 다 되었고, 곧 있으면 마흔이 되니까요. 배 아파요. 저만 나이 드는 게."

그는 씁쓸하게 웃으며 와인을 한 모금 마셨다. 그녀는

두 손으로 와인 잔을 만지작거렸다. 어떤 말을 해야 할지 바로 떠오르지 않았다. 그가 자신의 아픈 기억을 얘기해 줬다는 게 고마웠고 위로의 감정을 느꼈다. 그리고 그런 그 앞에서 죽음을 얘기했다는 게 한편으론 미안하기도 했다.

"무슨 말을 해야 할지 잘 모르겠네요. 고맙고, 또 미안해요 선우 씨."

그는 고개를 돌려 그녀를 바라보았다. 그리고 와인 잔을 잡고 있던 그의 왼손을 들어 그녀의 두 손 위에 올렸다. 그녀는 그의 손바닥에서 따뜻하고 부드러운 온기를 느꼈다.

"유진 씨. 전 누나의 죽음 이후에 계속해서 삶과 죽음을 고민했어요. 과연 더 힘들고 괴롭기 전에 조금이라도 아름다운 모습으로 죽는 게 좋은 것인지, 아니면 살면서 온갖 고통과 아픔에 시달려도 어찌 됐든 살아가는 게 좋은 것인지. 전 자신 있게 답을 얘기할 수는 없어요. 사람마다 생각과 상황이 다르니까요. 하지만 개인적으로는 조심스럽게 이런 생각을 해요. 슬픔과 고민, 절망 속에서도 하루하루 새로운 날을 맞이할 수 있다는 게, 내가 숨이 붙어 있다는 걸 느낄 수 있다는 게 조금이라도 더 의미 있는 게 아닐까 하는."

그는 그녀의 오른손을 꼭 잡았다. 그리고 부드러운 미소를 지으며 말했다.

"그리고 유진 씨는 어떨지 모르겠지만, 이렇게 유진 씨를 만날 수 있다는 사실이 저에겐 사는 게 죽는 것보다 의미가 있는 또 하나의 이유가 됐어요."

그는 그녀의 눈을 바라보았다.

"유진 씨, 우리 당분간은 계속 살아봐요."

다음 날 아침에 그녀는 밝게 들어오는 햇살에 눈이 떠졌다. 어젯밤 잠들 때 블라인드 내리는 것을 깜빡한 그녀였다. 선반 위의 시계를 보니 9시가 조금 못 된 시간이었다. 그녀는 다시 잠들까 하다가 그냥 일어나기로 했다. 라디오를 켜고, 냉장고에서 생수를 꺼내 한 잔 따라 마셨다. 그리고 소파에 앉아 어젯밤의 기억을 다시 떠올려 보았다.

와인바에서 그가 했던 말들, 그의 고백, 와인바를 나와 큰길까지 나란히 손을 잡고 걸었던 일, 그리고 택시를 타기 전 그가 살며시 그녀를 안아줬던 순간까지. 그녀는 자신도 모르게 얼굴에 미소가 지어졌다. 소파에서 일어나 창문을 열고 신선한 아침 공기를 들이마셨다. 라디오에서는 그녀가 좋아하는 밴드의 음악이 흘러나왔다.

love and peace

face and voice

smile and kiss

문득 너를 부른다

I wish your love and peace

여름이 떠오르는, 그리고 여름에 어울리는 밝고 청량한 음악이었다. 어제 그녀가 떠올렸던 열다섯 살의 그 해가 생각나는 음악이었고, 그리고 선우를 떠올리게 하는 음악이었다. 그녀는 그에게 메시지를 보내 오늘 점심을 함께 먹는 건 어떤지 물어봐야겠다고 생각했다. 그녀는 가벼운 발걸음으로 스마트폰이 있는 곳으로 걸어가며 노래의 가사를 흥얼거렸다.

"I wish your love and peace."

엄마와 함께 하는 시간

그리고 엄마, 나는 지금 이렇게 엄마와 함께하는 시간이 얼마나 감사한 줄 몰라. 나 하나도 힘들지 않아. 이렇게 엄마 곁에서 있을 수 있는 시간이 정말로 소중해. 이 시간이 조금 더 오래 갈 수 있었으면 좋겠어.

엄마와 함께 하는 시간

　　눈을 떠 서랍장 위의 탁상시계를 보니 8시가 조금 못 된 시간이었다. 따로 알람을 맞추지 않았는데도 그녀는 이 시간에 저절로 눈이 떠졌다. 오늘은 토요일 아침이었지만 늦잠을 자고 침대 위에 누워서 여유 있게 시간을 보내는 일을 이제는 할 수 없었다. 엄마의 병간호를 시작한 이후로 그녀는 주말 아침에도 일찍 일어나 엄마에게 가야만 했다. 그리고 오늘은 평소보다 조금 더 일찍 가봐야 했다. 어제 놓은 수액의 바늘을 빼야 하는데 아빠는 아직 서툴고 미덥지 못했기 때문에 직접 해야만 마음이 놓였다. 그녀는 마음을 다잡고 이불 속의 포근한 유혹을 힘겹게 뿌리치며 침대에서 일어났다. 거실로 나오긴 했는데 정신은 아직도 이불 속에 남아있는 듯했다. 그녀는 머리를 좌우로 세차게 흔들었다. 그리고 물을 한잔 따라 마시고 욕실로 향했다.

빠르게 세수만 하고, 로션을 바르고, 편한 옷으로 가볍게 입고, 머리를 뒤로 넘겨 질끈 묶었다. 준비하는 데는 5분이 채 걸리지 않았다. 그녀는 침대를 바라보았다. 침대 위에는 남편이 양팔을 앞으로 모으고 엎드린 채 미동도 없이 자고 있었다. 어떻게 저렇게 불편한 자세로 잘 수 있을지 그녀는 남편이 신기했다. 그에게서는 술 냄새가 약하게 풍겼다. 어젯밤 친구를 만나 술을 마시고 늦게 들어온 남편이었다. 곤히 잠들어 있는 남편이 그녀는 부럽기도 하고, 한편으로는 자신 혼자만 고생하는 것 같아 억울하기도 했다. 그녀는 그를 보며 작게 한숨을 쉬었다. 그리고 침대 끄트머리에 앉아 그의 어깨에 손을 올리며 조용히 그를 불렀다.

"자기야."

그가 순간 몸을 움찔하며 게슴츠레 눈을 떴다.

"으응? 음, 지금 몇 시야?"

"8시 조금 넘었어. 다녀올게."

그는 몸을 둥글게 웅크리며 낮고 이상한 신음을 냈다. 그러고는 그녀의 무릎에 손을 얹으며 말했다.

"아, 자기 진짜 고생이다. 토요일인데 이른 아침부터."

그는 상체를 일으켜 그녀를 안고 어깨를 토닥이며 말했다.

"잘 다녀와."

"응."

그녀는 침대에서 일어났다.

"이따 5시쯤 올 거지? 출발할 때 연락해 줘. 더 자."

그녀는 방문으로 나갔고, 그는 그녀의 뒷모습을 잠시 바라보았다. 그녀가 현관문의 도어록을 밖에서 잠그는 소리가 나자 그는 다시 누워서 자기 시작했다.

이른 아침의 공기는 청량했다. 하지만 지금보다 해가 조금 더 높이 떠오르면 공기는 빠르게 더워질 것이다. 엄마의 집은 그녀의 집에서 걸어서 10분이 채 걸리지 않았지만, 그곳에 가기 위해선 가파른 언덕을 올라가야만 했다. 언덕이 시작되는 지점에 다다르자 그녀는 잠깐 멈춰 섰다. 갑자기 오늘이 토요일이 맞는지 헷갈렸다. 머릿속으로 달력을 떠올리고 날짜를 세어보았다. 토요일이 맞았다.

어딘가에서 검정고양이 한 마리가 나타나 그녀의 앞으로 천천히 지나갔다. 그녀는 쪼그리고 앉아 고양이를 바라보며 말했다.

"안녕."

고양이는 멈춰 서더니 그녀 쪽으로 몸을 돌렸다. 그리고 가녀린 울음소리를 냈다.

"나중에 우리 집으로 놀러 와. 밥 줄게."

고양이는 앞발을 앞으로 길게 뻗고 엉덩이를 뒤로 쭉 빼며 특유의 기지개를 켰다. 그러고는 다시 가던 방향으로 천천히 움직였다. 고양이는 어느새 주차된 차량 사이로 모습을 감추어 버렸다. 그녀는 고양이가 더 보이지 않자 일어나서 짧게 숨을 내쉬고는 다시 발걸음을 옮겨 언덕을 오르기 시작했다. 그녀의 숨이 조금씩 차오르기 시작했다.

엄마는 잠에서 깨 있었다. 어제 놓았던 수액은 이미 끝나 있는 상태였다. 그녀는 알코올 솜을 주삿바늘이 꽂힌 부위에 대고 바늘을 부드럽게 빼내었다.

"엄마, 잘 잤어? 어젯밤에 비가 와서인지 아침 공기가 참 좋아. 근데 아마 낮에는 어제보다 더울 것 같아."

그녀는 주삿바늘과 수액 주머니를 정리했다.

"엄마, 잠깐만. 등 좀 볼게요. 나 좀 도와줘요."

그녀는 엄마의 어깨와 허리 밑으로 손을 넣고 들어 올려 엄마의 몸을 옆으로 눕게 하였다. 엄마는 가녀린 오른손을 들어 왼편 침대 난간을 잡았다. 엄마의 오른손이 작게 떨렸다.

"옳지. 엄마, 고마워요."

그녀는 엄마의 상의를 걷어 올리고 등에 붙어 있는 커다란 패드를 반쯤 뜯어내었다. 그리고 욕창이 생긴 부위에 분말 연고를 발랐다. 아무렇지 않으려 애쓰지만, 엄마의 욕창을 볼 때마다 마음이 너무나 아팠다. 그녀는 다시 패드를 붙이고, 옷을 내렸다.

"엄마 이제 다 됐어요."

그녀는 천천히 엄마를 원래의 자세로 눕혔다.

"수정아, 아침 안 먹었지? 뭣 좀 먹을래? 사과 깎아줄까?"

아빠는 냉장고 문을 열며 말했다.

"아니요, 괜찮아요. 생각 없어요."

그녀는 침대의 등받이를 조금 세워 엄마가 등을 기대고 앉아 있을 수 있도록 했다. 그녀는 물에 적신 수건으로 엄마의 얼굴과 손을 닦으며 엄마에게 말했다.

"엄마, 목 안 말라? 물 좀 줄까? 어제 백화점 가서 과일 퓌레를 사 왔는데 그거 드셔 볼래요?"

그녀는 오른쪽 귀를 엄마의 입 가까이에 갖다 대었다. 엄마의 눈이 한 번 깜빡였다.

"괜찮아? 알겠어. 이따 먹자 그럼."

그녀는 엄마의 다리 위치를 다시 잡아 주었다. 그리고

선풍기를 가장 약하게 틀어 엄마를 향하게 놓았다.

"엄마, 나 오늘 저녁에 시댁에 가요. 지훈이 형이 곧 생일이래. 그래서 같이 모여서 저녁 먹기로 했어. 형님네 못본 지도 꽤 됐어. 거의 반년 만에 보는 거 같아."

아빠가 어느새 그녀 곁으로 다가와 물었다.

"오늘 몇 시에 간다고?"

"여기서 5시쯤 출발할 거예요. 지훈이가 이따가 여기로 올거야."

"차 가지고 갈 거지? 아빠가 반찬이랑 과일 좀 줄 테니까 가지고 가. 처형들이 또 이것저것 반찬을 많이 해 갖고왔어."

"응, 좋아요. 이모들이 매주 멀리서 오시느라 고생이시네."

그녀는 침대 옆의 소파에 앉았다. 엄마의 눈은 TV를 향하고 있었다. 그녀도 엄마와 함께 가만히 TV 화면을 바라보았다.

"뭐 했어, 집에서?"

시댁으로 가는 차 안에서 그녀가 남편에게 물었다. 그녀는 차창 밖 풍경을 바라보았다. 토요일의 거리는 무더운 날씨에도 많은 사람으로 붐볐다. 거리 위의 사람들은 모두 하나같이 즐거워 보이는 표정이었다. 우리도 예전에는 주말이면 저렇게 함께 시내를 돌아다니며 맛있는 것도 먹고 그랬는데. 그녀는 거리의 사람들을 멍하니 바라보며 생각했다.

"별거 있나. 청소하고, 쓰레기 치우고, 세탁기도 돌리고. 이런저런 집안일 했지 뭐."

남편은 라디오의 볼륨을 줄이며 말했다.

"또 혼자 청소했어? 내일 같이 하지. 나 내일 오전에는 시간 괜찮았는데. 혼자 하느라 힘들었겠다."

"크지도 않은 집 청소하는 거 힘들게 뭐 있어. 힘든 거야 자기가 훨씬 힘들지, 아침 일찍부터. 졸리진 않아? 집안일은 내가 할 테니까 자긴 신경 안 써도 돼."

그녀가 주말에도 엄마의 병간호를 하기 시작한 이후부터 집 청소는 남편이 계속 혼자 했다. 그녀는 다음 주 집 청소는 꼭 자기가 해야겠다고 생각했다.

"아, 반찬도 좀 했어. 자기가 좋아하는 미역국도 끓였지."

남편은 교차로에서 신호를 기다리느라 잠시 차가 멈춘 틈을 타 컵 홀더에 꽂혀 있던 생수병을 들어 한 모금 마셨다.

"자기도 마실래?"

그녀는 고개를 저었다.

"어머님이 미역국을 드실 수 있었으면 좋았을 텐데. 이 번에 고기도 많이 넣고 진짜 맛있게 끓여졌거든. 진작에 어머님 좋아하시는 거 많이 좀 만들어 드릴 걸 그랬어. 갑 자기 상태가 그렇게 안 좋아지실 줄은……."

남편은 말끝을 흐리며 물을 한 모금 더 마셨다.

그녀는 말없이 바깥 풍경만을 바라보았다. 길가의 아 이스크림 체인점에서 사람들이 아이스크림을 먹으며 웃고 있는 모습이 보였다. 그녀는 엄마가 저기 아이스크림을 참 좋아했던 걸 떠올렸다. 신호는 파란불로 바뀌어 차가 움직 이기 시작했다. 그녀는 고개를 정면으로 돌리고 머리를 뒤 로 기댔다.

"나 눈 좀 감고 있을게. 미안해."

그녀는 눈을 감았다. 남편은 오른손을 뻗어 라디오를 껐다.

"많이 먹어라, 수정아."

시어머니가 직접 접시에 음식을 덜어주며 그녀에게 말 했다. 그녀는 시어머니가 주신 음식의 양이 부담스러웠지 만 그대로 받았다. 엄마의 상황을 아시고 자신을 생각해서 이것저것 더 챙겨주려 하신다는 것을 그녀는 알았다. 어느 순간부터 어머님도, 그리고 아버님도 이제는 그녀에게 엄마의 상태를 직접 묻지 않았다. 아마 지훈이를 통해 따로 들으실 것이다. 매번 물을 때마다 엄마의 상태에 대해 말하는 것도 적잖이 성가신 일인데 두 분 다 겉으로 내색을 안 해 주시니 그것도 어떻게 보면 감사한 일이라고 그녀는 생각했다.

식사를 마치고 생일 케이크까지 먹고 나니 그녀는 잠이 쏟아지기 시작했다. 하루 동안 쌓였던 피곤이 갑자기 몰려오는 것처럼 느껴졌다. 이제는 어서 빨리 집에 가서 눕고 싶은 마음뿐이었다. 그녀는 자신도 모르게 크게 하품을 했다. 눈치를 채신 건지 시어머니가 이제 시간도 늦었으니 다들 빨리 집에 가라고 얘기했다. 아버님도 피곤할 텐데 어서 가서 쉬라고 거드셨다. 남편은 일어나 가방을 가지러 방으로 들어갔고, 방에서 시어머님과 뭔가를 얘기하는 것을 그녀는 보았다.

엘리베이터 앞에서 아버님과는 인사를 나눴고, 어머님은 음식물쓰레기를 버리러 간다며 같이 엘리베이터에 탔다. 형님 가족과 어머니는 1층에서 내렸고, 그녀와 남편은 지하 1층 주차장으로 내려갔다. 그녀는 차에 타 핸드폰을 찾기 위해 가방을 열었다. 그리고 가방 안에 하얀 A4용지로 투박하게 포장된 작은 상자가 들어 있는 것을 발견했다.

"이게 뭐야?"

"그거 엄마가 자기한테 주래. 나도 뭔지는 몰라."

남편이 차의 시동을 걸며 말했다.

"그리고 자기한테 힘내라는 말을 전해 주라고 하셨어."

포장된 종이를 뜯어내니 빨간 상자가 나왔다. 그녀는 조심스럽게 상자를 열었다. 상자 안에 들어 있는 건 열쇠 모양의 순금 장신구였다. 사람들이 흔히 일이 잘되기를 바라거나 행운을 빌 때 선물로 주는 그런 것이었다. 상자가 낡은 것을 보니 새로 산 것 같지는 않았다. 아마 어머니가 예전부터 가지고 계셨던 것을 준 것이라고 그녀는 생각했다.

"어머님도 참."

그녀는 포장지와 상자를 다시 가방 안에 넣었다. 눈시울이 살짝 뜨거워지는 것이 느껴졌다. 남편은 그녀를 힐끔 본 뒤 말없이 차를 몰아 주차장의 램프를 따라 지상으로 올라갔다. 램프의 입구에 다다르자 건너편에 시어머니가 서 있는 것이 보였다. 시어머니의 손에는 아직 음식물쓰레기가 들려 있었다.

"어, 엄마다."

남편이 창문을 내렸다.

"엄마, 저희 갈게요."

시어머니는 미소를 띤 얼굴로 손을 흔들면서 그녀를 향해 말했다.

"수정아, 우리 힘내자."

그녀는 감사하다고, 그리고 안녕히 계시라고 인사를 했다. 그녀는 사이드미러를 통해 차가 사라질 때까지 이쪽을 바라보며 서 계신 시어머니를 보았다.

다음 날, 어제보다는 늦은 시간에 그녀는 엄마 집에 갔다. 엄마 집으로 가는 길에 며칠 전부터 연락을 주고받았던 교회 언니를 만났다. 언니는 예배를 마치고 그녀를 만나기 위해 일부러 그녀 엄마의 집 앞까지 와줬다. 병간호 때문에 몇 달째 보지 못했던 언니를 보니 그녀는 너무나 반가웠다. 언니는 엄마의 안부를 물었고, 그녀의 안부를 물었다. 그리고 그녀의 손을 꼭 잡으며 이 힘든 시간을 잘 견뎌내기를 온 마음을 담아 기도한다고 말했다. 여기까지 와줘서 응원해주는 언니가 그녀는 정말 고맙게 느껴졌다.

"엄마, 오늘 여기 오는 길에 미경 언니를 만났어. 미경 언니 기억하지? 언니가 엄마를 위해 기도하고 있대. 고맙지?"

그녀는 헝클어진 엄마의 담요를 다시 잘 펴서 덮어주었다. 허공을 바라보고 있는 엄마의 눈동자가 살짝 흔들렸다.

"그리고 어제 어머니께서 나한테 금으로 된 열쇠를 선물로 주셨어. 무려 다섯 돈이나 되는 거야. 그리고 힘내라고 응원도 해 주셨어."

그녀는 엄마의 얼굴을 바라보며 말했다.

"정말로 고마운 사람들이 많아."

그녀는 수많은 주삿바늘 구멍 때문에 까맣게 멍든 엄마의 왼손을 두 손으로 꼭 잡았다.

"시어머니도, 미경 언니도, 그리고 아빠랑 이모들이랑 지훈이도, 모두 모두 힘내라고 우리를 응원해주고 있어. 정말 고마워. 정말로."

엄마의 눈동자는 그녀를 바라보고 있었다. 그리고 눈을 깜빡였다. 그녀도 엄마의 눈을 바라보며 말했다.

"그리고 엄마, 나는 지금 이렇게 엄마와 함께하는 시간이 얼마나 감사한 줄 몰라. 나 하나도 힘들지 않아. 이렇게 엄마 곁에서 있을 수 있는 시간이 정말로 소중해. 이 시간이 조금 더 오래갈 수 있었으면 좋겠어."

그녀는 말하면서 코끝이 찡해지는 것을 느꼈다. 눈가가 어느새 촉촉해졌다. 그녀는 우는 모습을 엄마에게 보이고 싶지 않아 엄마의 얼굴 옆으로 몸을 숙였다. 그리고 그동안 생각해 왔던 엄마를 향한 고마움을 울먹이는 목소리로 엄마의 귀에 조용히 속삭였다. 엄마는 천천히 눈을 깜빡

거리며 그녀의 속삭임을 들었다.

거실 창으로 들어오는 일요일 오후의 밝은 햇살이 침대 위를 가득 채웠다. 그녀는 여전히 두 손으로 엄마의 왼손을 꼭 잡았고, 햇살은 그녀의 손등 위에서 환하게 반짝였다.

.

걱정과 참견

그렇게 모녀 사이의 갈등은 정리되는 듯했지만, 서로를 향한 오해와 미움, 그리고 서운함은 각자의 마음속에 깊은 상처를 내고 말았다. 그리고 그 상처는 지금까지도 완전히 아물지 못한 채 번번이 끈적거리는 진물이 흘러나오고, 날카로운 쓰라림을 느끼게 하곤 했다.

걱정과 참견

.

"그럼 오늘 모임은 여기까지 하겠습니다. 오늘 정말 즐거운 시간이었어요. 모두 조심히 들어가시고 남은 일요일 오후 편안하게 보내세요."

유정의 마지막 인사를 끝으로 영화감상 모임은 마무리되었다. 참가자들은 모두 빠르게 떠났고 유정은 남아서 노트북을 챙기고 종이컵과 빈 물병 등을 치우며 자리를 정리했다. 정리를 마친 뒤 매니저에게 인사까지 하고 밖으로 나오니 해는 이제 막 뉘엿뉘엿 지고 있었고, 저 멀리 서쪽 하늘에서부터 주홍빛 노을이 부드럽게 물들고 있었다. 유정은 오늘 하루도 이제 다 갔다고 생각하며 삼성역 5번 출구로 들어갔다.

유정은 올해 초부터 영화 감상 모임의 호스트를 시작했다. 한 달에 두 번씩 일요일마다 본인이 선정한 영화로 참가자들을 모집하여 그들과 함께 영화 감상과 서로의 삶에 관한 이야기를 나누었다. 자신이 직접 감상 포인트와 그와 연계되는 다양한 생각거리 등을 마련하여 대화를 유도하고 모임을 진행했다. 한때 영화감독을 꿈꿨고, 지금도 여전히 영화를 사랑하는 유정으로서는 다양한 사람들과 영화를 함께 할 기회를 가질 수 있는 것에 크게 만족했다.

신당역에서 내려 밖으로 나왔을 때는 이미 하늘 전체에 노을빛이 아름답게 물들어 있었다. 그 모습이 너무나 예뻤기에 유정은 스마트폰을 꺼내 풍경을 담기 시작했다. 찍은 사진을 보며 봄과 여름의 경계에서 느낄 수 있는 선선한 밤 공기의 촉감이 사진에는 담기지 않는다는 것에 자못 아쉬워했다. 유정은 잠깐이라도 걷다가 들어갈까 생각했지만, 막상 걷고 나면 피곤해질 것 같아 집으로 향하는 골목길로 발길을 돌렸다.

집 근처의 편의점에 들러 몇 개 남지 않은 도시락 중 하나를 고르고 탄산수도 함께 사서 집으로 돌아왔다. 현관문 앞에 도착해 왼쪽 어깨에 메고 있던 에코백의 안을 뒤져 열쇠를 찾았다. 유정이 사는 오래된 원룸의 현관문에는

걱정과 참견

아직 전자 도어록이 설치되어 있지 않았다. 문을 열고 들어온 현관은 며칠 전부터 센서 등이 고장 나 불이 켜지지 않았다. 어두운 현관을 지나 집에 들어온 유정은 식탁 위에 열쇠와 스마트폰, 도시락과 탄산수를 올려놓았다. 그리고 식탁 위의 작은 스탠드를 켰다. 매고 있던 에코백은 침대 옆 바닥에 내려놓고 도시락을 전자레인지에 넣어 버튼을 눌렀다. 그리고 옷도 갈아입지 않은 채 그대로 식탁 의자에 앉아 탄산수를 한 모금 마셨다.

　이 시간에 집에 들어와 어두운 조명 속에 혼자 있으면 나른한 편안함과 함께 어쩔 수 없는 외로움과 쓸쓸함을 느끼는 유정이었다. 대학을 졸업하고 혼자 산 지도 4년째가 되어 가는데 이 외로움과 쓸쓸함은 전혀 무뎌지지 않고 오히려 더 짙어져 가는 것 같았다. 그렇게 의자에 앉아 있는데 메시지 알림음이 울렸다. 엄마였다.

　유정아 밥은 잘 챙겨 먹고 다니니? 혼자 있다고 대충 아무거나 먹지 말고. 일요일인데 집에 와서 엄마랑 같이 밥도 먹고 그러면 얼마나 좋아. 멀리 사는 것도 아니고. 그놈의 무슨 영화모임 한다고 주말에도 못 쉬고 안 피곤하니? 엄마는 니가 몸도 생각하면서 주말에는 좀 쉬었으면 좋겠다.

걱정과 참견

여러 문장이 하나로 이어진 장문의 메시지가 유정은 어색하게 느껴졌다. 유정은 메시지에 쓰인 그놈의 무슨 영화모임이라는 문장을 보며 엄마는 아마 자신이 그 모임을 하는 것을 평생 이해하지 못할 거라고, 아니 평생 이해하려 하지 않을 거라고 생각했다. 엄마와 그 얘기를 하면 매번 똑같은 대화의 반복이었다. 이제는 정말 지긋지긋하다고 유정은 생각했다.

엄마 뜻대로 내가 영화를 직업으로 하는 건 포기했으니, 좋아서 취미로 하는 일에는 제발 잔소리 좀 하지 마.

엄마가 괜히 그러니. 다 니가 걱정돼서 그러는 거지. 몸도 약한 애가 평일에 늦게까지 일하고, 주말에는 그거 한다고 쉬지도 못하고. 그러다 병이라도 나면 어쩌려고 그래.

병은 무슨 병이야. 나 건강히 잘 지내고 있으니까 그런 걱정 좀 하지 말라고. 그리고 내가 또 영화 한다고 할까 봐 그러는 거 모를 것 같아? 내가 알아서 할 테니까 엄마는 제발 신경 쓰지 마.

엄마의 메시지를 보고 나니 엄마와 매번 하는 말다툼 소리가 그녀의 귀에 환청처럼 들렸다. 그리고 가슴 한편이

답답해지면서 갑자기 오늘 하루의 피로감이 한꺼번에 밀려오는 것처럼 느껴졌다. 유정은 손에 들고 있던 스마트폰을 식탁 위에 아무렇게나 내던지고 두 손으로 얼굴을 감싸며 깊은 한숨을 내뱉었다. 식탁 구석으로 내팽개쳐진 스마트폰에선 메시지 알림음이 또 울렸다. 그와 동시에 전자레인지의 동작이 끝났음을 알리는 벨도 함께 울렸다. 유정은 스마트폰은 거들떠보지도 않고 전자레인지에서 도시락을 꺼내 왼 팔꿈치를 식탁에 올린 채 말없이 먹기 시작했다.

　유정은 어렸을 적부터 책 읽는 것을 좋아했고, 논리적으로 생각하고 말하는 것에 우수했다. 글솜씨도 뛰어나서 읽는 이를 설득하고 감동하게 만드는 인상적인 글들을 잘 쓰곤 했다. 그렇기에 그녀가 철학과에 진학한다고 했을 때 그게 그렇게 의외의 선택처럼 보이지만은 않았다.
　유정의 엄마는 철학과를 나와서 좋은 직장에 취업할 수 있을지가 조금 걱정이 되었다. 하지만 국내에서 몇 손가락 안에 꼽히는 명문대를 갔으니 졸업만 하면 뭐라도 할 수 있을 거라 생각하며 전공과 관련한 아쉬움은 속으로만 삭였다. 일찍 아빠를 여의고도 별다른 방황 없이 반듯하게 자라서 모두가 부러워하는 대학에 간 것만으로도 충분히 자랑스러운 딸이었다. 그러니 딸의 학과 선택까지 간섭할 수는 없는 노릇이었다. 그저 앞으로 무사히 학교를 졸업해서 번듯하게 취업만 하면 더 바랄 것이 없다고 엄마는 생각했다.

그랬기에 유정이 대학교 3학년이 되던 해에 영화감독을 하고 싶다며 다니던 학교를 중퇴하고 영화를 전공하기 위해 다른 학교에 가겠다고 했을 때 유정의 엄마는 적지 않은, 아니 엄청난 충격을 받았다. 그녀는 우선 말문이 막혔고, 재미없는 농담을 들은 것처럼 억지로 웃어넘겼으며, 결국엔 딸에게 크게 화를 내었다. 어릴 적부터 영화를 좋아했던 것은 알고 있었지만 그건 그저 좋아하는 취미일 뿐이지 그걸 직업으로 하겠다는 유정을 엄마는 이해할 수가 없었다. 그때 엄마가 느꼈던 감정은 무엇보다 딸을 향한 배신감이었다. 유정은 내가 무슨 배신을 했냐고, 엄마는 나에게 도대체 무슨 기대를 했던 거냐고 소리쳤다. 하지만 엄마는 유정에게 그녀가 무엇을 어떻게 배신했는지 따위를 친절하게 설명해주고 싶은 생각은 전혀 없었다. 하나밖에 없는 딸이 영화감독을, 밥 벌어 먹고사는 사람이 몇이나 되는지 알 수 없는 영화감독을, 그나마 밥 벌어 먹고사는 얼마 안 되는 사람 중에 여자는 도대체 몇 명이나 되는지 더더욱 알 수 없는 영화감독을 한다는 것은 엄마로서는 도저히 용납할 수 없는 것이었다.

엄마는 강하게 반대했다. 모든 일을 알아서 똑 부러지게 잘해왔기에 지금까지 유정의 선택과 결정에 반대한 적이 없었던 엄마였다. 하지만 이번만은 절대 그대로 둘 수 없다고 생각했다. 유정도 본인의 뜻을 굽히지 않고 엄마에게 맞섰다. 그렇게 몇 날 며칠 동안 날카로운 신경전이 계속된 끝에 엄마는 결국 스트레스를 못 이기고 몸져누웠다. 자기주장이 뚜렷하고 고집이 셌던 유정도 아파 누운 엄마를 모른 체하고 자기 뜻대로만 할 수는 없었다. 결국, 유정은 모든 걸 없던 일로 하고 다니던 학교를 계속 다니기로 했다.

그렇게 모녀 사이의 갈등은 정리되는 듯했지만, 서로를 향한 오해와 미움, 그리고 서운함은 각자의 마음속에 깊은 상처를 내고 말았다. 그리고 그 상처는 지금까지도 완전히 아물지 못한 채 번번이 끈적거리는 진물이 흘러나오고, 날카로운 쓰라림을 느끼게 하곤 했다.

유정은 침대 위에 비스듬히 앉아 노트북을 무릎에 올려놓고 이런저런 가십 기사들이나 유튜브의 영상들을 보면서 의미 없이 시간을 보냈다. 오늘 모임에서 나눴던 얘기들도 정리해야 하고, 다음 모임에서 다뤄야 할 질문들도 슬슬 만들어야 했지만, 지금은 하고 싶은 마음이 들지 않앉다. 습작 중인 단편 영화 시나리오를 이어서 써볼까 하고 워드프로세서를 켰지만, 머릿속은 도저히 차분하게 시나리오를 쓸 수 있는 상태가 아니었기에 곧 꺼버렸다. 결국 유정은 그냥 빨리 자버려야겠다고 생각했다. 엄마의 메시지 때문에 잔뜩 엉켜버린 마음은 자고 일어나야 풀어질 것 같았다.

유정은 노트북을 끄고 아침 알람을 맞추기 위해 식탁 위에 던져 놓았던 스마트폰을 가지러 침대에서 일어났다. 스마트폰을 켜니 아까 확인하지 않았던 메시지 알림이 화면에 떠 있었다. 역시 엄마한테서 온 메시지였다. 유정은 다시 침대로 돌아와서 잠깐 망설이다가 결국 메신저 앱을 열고 엄마의 메시지를 확인했다.

한약을 좀 지었다. 내일 집에 택배로 갈 거야. 거르지 말고 아침, 저녁으로 한봉씩 잘 챙겨 먹어. 날도 더워지는데 몸 관리 잘해야 뭘 하든 할 수 있다. 엄마한테 연락 좀 자주 하고

유정은 침대에 누워 엄마의 메시지를 한참 동안 바라보았다. 그리고 스마트폰을 끄고 오른팔로 눈을 가렸다.

엄마는 왜 이렇게 항상 자기 멋대로일까.

내가 언제 한약 지어달라고 했나.

굳이 부탁도 안 했는데, 왜.

유정은 온갖 생각이 들면서 속으로부터 무언가 뜨거운 것이 스멀스멀 올라오는 것을 느꼈다. 그리고 마음 깊숙한 곳의 그 상처에서 또다시 희미한 쓰라림이 느껴졌다. 다만 이번엔 이전까지와는 다른 조금은 둔탁한 쓰라림이었다. 마치 상처를 천천히 꾹꾹 누르는 것만 같은 쓰라림이었다.

유정은 스마트폰을 다시 켜고 엄마에게 답장을 보내려 했다. 하지만 스멀스멀 올라오던 뜨거운 것이 결국 코와 눈언저리까지 올라와 코끝을 찡하게 하고 눈시울을 뜨겁게 만들었다. 유정은 스마트폰을 꺼버리고 베개 옆으로 던졌다. 그리고 벽을 보고 옆으로 돌아누워 얼굴을 베개에 파묻었다. 유정은 입술을 깨물고 눈물을 참으려 했지만 조금씩 떨리기 시작하는 어깨를 어떻게 할 수는 없었다.

삼척에서 온 편지

제가 여기 있으면서 깨달은 것 중 하나는 삶의 모든 모습이 선명할 필요는 없다는 거예요. 그렇지 않더라도 그것이 잘못된 건 아니고, 우리는 충분히 살아갈 수 있죠. 저는 이제 그렇게 믿게 되었어요.

삼척에서 온 편지

점심을 먹고 사무실로 돌아오니 책상 위에 편지 한 통이 놓여 있었다. 적혀있는 발신 주소는 강원도 삼척시로 시작되는 〈수산나의 집〉이었다. 처음 들어보는 곳이었다. 하지만 주소를 적은 익숙한 글씨체를 보고 나는 그 편지를 보낸 사람이 연수란 것을 바로 알 수 있었다. 그는 아마도 내가 사는 집의 주소를 모르니 회사 주소로 보냈을 것이다. 그리고 자신의 이름을 썼다가 회사의 누군가 아는 사람이 보게 되면 내가 괜히 난처해질까 봐 일부러 자신의 이름을 쓰지 않았을 것이다.

연수는 2년 전 우리 부서에 신입사원으로 들어오면서 나와 처음 만났다. 그보다 3년 선배였던 나는 그의 파트너로 지정되어 그에게 업무를 가르치고 함께 일을 처리하게 되었다. 그는 대학을 졸업하고 나서 공무원을 준비했지만 여의치 않게 되면서 다시 취업을 선택했다. 그래서 동기들보다 늦은 나이에 신입사원으로 입사했다. 그는 나와 한 살 차이였고 그래서 우리는 조금 더 편하게 가까워질 수 있었다.

연수는 조용하고, 여리고, 신중한 성격이었다. 우리 부서는 영업점의 매출과 이익을 관리하고 경쟁 업체를 이기기 위한 판매 전략과 아이템을 끊임없이 빠르게 고민해야 하는, 그래서 매일매일을 긴장 속에서 조금은 터프하게 일을 해야 하는 부서였다. 그가 어떻게 우리 부서로 배치를 받았는지 알 수는 없었지만, 그의 성격은 분명 우리 부서의 업무와는 어울리지 않았다.

연수는 부서의 업무에 익숙해지기 위해 본인 나름의 최선의 노력을 했다. 하지만 그는 종종 버거움을 느꼈고, 그럴 때마다 크고 작은 실수를 했다. 나는 그런 그를 다독이면서 함께 실수를 수습하고 다음 업무를 처리해 나가려 노력했다. 나도 신입사원이었을 때는 모든 것이 어려웠고 수없이 많은 실수를 했기에 연수도 시간이 필요하다는 것을 알고 있었다. 그래서 그가 조금만 더 참고 견디며 그 시간을 무사히 통과해 나가기를 바랐다. 하지만 불행히도 연수는 그 시간을 견딜 수 있을 정도로 단단하고 모질지 못했다. 시간이 지나도 그는 업무의 난이도에 익숙해지지 못했고 쌓여만 가는 업무와 계속되는 야근, 위로부터의 압박과 주변에서의 곱지 않은 시선에 힘들어했다. 그리고 그렇게 하루하루를 겨우 지탱해가고 있던 연수는 끝내 버티지 못한 채 무너지고 말았다.

작년 10월이었다. 연수는 영업점을 상대로 물품구매 계약 업무에서 실수를 했고, 그 때문에 회사에 손해가 발생하고 말았다. 연수가 계약 과정에서 실수한 것은 사실이었지만, 그 일은 이제 입사한 지 1년이 조금 넘은 사원이 혼자 맡아서 처리하기에는 분명 어려운 업무였다. 모두가 그 사실을 알았고, 그래서 누구도 연수에게 직접적으로 잘못을 묻지는 않았다. 하지만 대부분의 사람은 연수가 언젠가는 저런 사고를 칠 줄 알았다고 생각했다. 그리고 그러한 생각은 연수를 대하는 태도와 시선에 직간접적으로 묻어 나왔다. 연수도 그러한 것을 모를 수 없었다. 그래서 더더욱 힘들어했다.

결국 그는 더 버티지 못했다. 그 일이 있고 나서 얼마 뒤, 가족들이 모두 외출하고 혼자 남은 집에서 그는 다량의 수면제를 복용하고 자살을 기도했다. 그리고 우연히 예정보다 집에 일찍 들어온 어머니에게 발견되어 다행히도 자살 기도는 실패했다. 하지만 그는 회사에 더는 다닐 수 없었고 그렇게 퇴사를 했다.

연수가 그렇게 되어버리고 나자 나는 너무나 괴로웠고, 연수에게 정말로 미안했다. 분명 내가 그를 책임지고 보호했어야만 했다. 그것은 선배로서 그리고 파트너로서 나의 의무였고, 나를 누구보다 의지하고 따르던 연수에게 당연히 해야 할 행동이었다. 하지만 나는 그러지 못했다. 그가 극단적 선택을 했다는 소식을 들었을 때, 내가 그를 그렇게까지 가도록 방치했던 것은 아닐까 하는 생각에 죄책감을 느꼈다. 그에게 진심으로 사과하고 용서를 구하고 싶었다. 그가 퇴사한 이후 나는 그에게 계속 전화를 하고 메시지를 남겼다. 하지만 그는 내 전화를 받지 않았고, 메시지에 답장도 주지 않았다. 그의 집 주소를 알아내어 찾아갔지만, 그의 어머니만을 만나 그가 지금은 누구도 만나고 싶어 하지 않는다고, 그리고 그는 곧 치료와 요양을 위해 요양원에 입원할 것이라는 말만 들었다.

그렇게 연수와는 작별 인사도 하지 못한 채 헤어지고 말았다. 그리고 반년이 지난 오늘, 그로부터 편지가 온 것이었다.

그의 편지를 사무실 안에서 읽을 수는 없었다. 누군가 편지에 관해 물어볼까 봐 두려웠다. 그래서 나는 편지를 반으로 접어 바지 뒷주머니에 넣고 사무실 밖으로 나와 걸어서 10분 정도 떨어진 거리에 있는 어린이공원으로 갔다. 이 정도는 와야 근처에 회사 사람들이 없을 것 같았다.

떨리기도 하면서, 조금은 설레는 기분으로 편지 봉투를 뜯었다. 연푸른빛의 도톰한 편지지 세 장에는 연수 특유의 단정하고 명확한 필체로 쓴 문장들이 차분하게 적혀 있었다. 갑작스러운 편지에 놀라지는 않았는지, 그래도 내가 자신의 편지에 부담보다는 반가움을 느꼈길 바란다면서 편지는 시작되었다.

***

제가 회사를 그만둔 지도 거의 6개월이 지났습니다. 분명 짧은 시간이 아닌데 불과 얼마 전까지 회사에 다녔던 건 아니었는지 착각이 들기도 합니다. 그때의 기억은 이미 희미해져 버린 것 같은데 말이죠. 선배님은 계속 회사에 다니고 계시겠죠? 이제 입사한 지 4년이 넘었으니 대리로 승진을 하셨을지도 모르겠군요. 혹시 그렇다면 편지로나마 축하의 인사를 드립니다.

저는 지금 〈수산나의 집〉이라는 요양 시설에 있습니다. 봉투에 적힌 주소를 보셨겠지만, 이곳은 강원도 삼척시 미로면이란 곳에 있어요. 삼척이라는 곳도, 거기에 있는 미로면이란 곳도 저는 처음입니다. 아마 일반적인 사람들은 특별한 이유가 있지 않은 이상 이곳에 오는 일이 거의 없을 거 같습니다. 이곳은 주변에 특별한 관광지가 있는 것도 아니고 삼척 시내에서도 멀리 떨어져 있는, 주위에는 산밖에 없는 아주 조용한 곳이니까요.

미로면이라는 지명이 처음에는 어색하고 이상했었는데 계속 듣고 말하다 보니 입술을 작고 둥글게 벌려 말해야 하는 이 미로라는 단어가 어쩐지 귀엽게 느껴져 마음에 들게 되었습니다. 우리가 흔히 쓰는, 복잡하고 한 번 들어가면 빠져나오기 어려운 곳을 뜻하는 그 미로와 발음은 같지만 여기 지명은 아닐 未에 늙을 老를 써요. 그대로 풀이하면 늙지 않는 마을이라는 뜻인데 정말로 그런 곳이라면 어떨까 하는 생각을 가끔 하곤 합니다.

제가 어떻게 이곳에 오게 됐는지 선배님은 궁금하시겠죠. 6개월 전에 그 일이 있고 난 뒤 엄마는 아들이 또다시 같은 행동을 할지도 모른다고 생각했다고 해요. 그리고 본인 혼자서는 그런 아들을 제대로 보호하고 감당할 수 없을 거라 판단을 하셨던 거죠. 그래서 다니시던 성당을 통해 방법을 수소문해 보았고, 누군가 이 요양 시설을 추천했다고 합니다. 엄마는 저에게 조심스럽게 이곳에 관해 얘기 했어요. 혹시 요양원으로 보낸다는 것에 제가 상처받지는 않을까 걱정하셨던 거죠. 하지만 저는 그때 이미 스스로에게 믿음이 없었어요. 가만히 있다가는 내가 아닌 다른 어떤 것으로 되어버릴 것만 같았거든요. 그래서 점점 약해져 가는 나를 잡아줄 수만 있다면, 내가 무너지지 않고 버틸 수만 있게 해 준다면 그게 어떤 것이든 저는 받아들여야 한다고 생각했습니다. 그렇게 해서 결국 지난 12월에 미로면에 있는 이 고요한 숲 속으로 들어오게 된 거죠.

　요양 시설의 주변은 온통 숲으로 둘러싸여 있어요. 조용하고 깨끗하지만 그만큼 외로운 곳이란 생각도 듭니다. 현재 제가 있는 병실의 창문은 이제 막 돋아난 밝은 녹색의 잎들로 가득 차 있어요. 여기 들어오고 나서 침대에 앉아 가만히 창문 밖을 바라보는 습관이 생겼는데요, 처음 이곳에 왔을 때만 해도 어둡고 앙상한 가지들만 보였는데 어느새 풍성해진 잎들을 보니 자연의 시간이란 것에게 놀라움과 경외심을 느끼게 됩니다. 서울에서는 한 번도 느껴보지 못했던, 아니 느껴보려 시도도 하지 않았던 것들인데 말이죠.

이 요양 시설에서는 심리적으로 연약하고 불안정한 사람들, 예를 들어 약물이나 알코올 중독자들, 저 같은 자살 미수자들이 함께 모여서 공동체 생활을 하며 치료와 재활 프로그램을 병행하고 있어요. 치료와 재활이라고는 하지만 일반적으로 생각하는 그런 딱딱한 느낌의 것들은 아니에요. 모든 사람이 지금보다 조금 더 편안함을 느끼고 자신에게 믿음을 갖게 하는 것이 이 치료와 재활의 목적이죠. 여기에 와서 처음 받았던 심리치료의 담당 의사는 저에게 여기에 있는 모든 사람, 그리고 어쩌면 바깥 사회에 있는 많은 사람은 마음속 어딘가에 조금씩의 어긋남을 가지고 있다고 말했어요. 그리고 그 어긋남은 바로 잡고 고쳐야 하는 게 아니라고도 했죠. 단지 어긋남이 있다는 사실을 인정하고, 그것을 있는 그대로 받아들일 수 있어야 한다고 했어요. 자신의 것뿐만 아니라 타인의 것까지도요. 그래야 모두가 건강한 관계를 지속할 수 있다고 말했죠.

그 말을 들었을 때 어쩌면 저는 제 마음속의 어긋남을 예전부터 스스로 알고 있던 건 아니었을까 하는 생각이 들었어요. 하지만 그것을 그대로 받아들이지 못하고 고쳐야만 한다고 자신을 억압하고 자학하기만 했죠.. 선배님이 언젠가 지나가는 말로 저에게 어쩌다 우리 부서에 들어오

삼척에서 온 편지

게 됐냐고, 너도 참 재수가 없다고 웃으면서 말했던 거 기억하시나요? 사실 그 부서로 배치된 건 제가 자원을 했기 때문이었어요. 당시 저는 자신을 매번 극한의 어렵고 긴장된 상황 속에 밀어 넣으려 했어요. 그래야 스스로 변할 수 있지 않을까, 고통을 견뎌내야 앞으로 살아가야 할 세상에 조금이라도 더 적응할 수 있지 않을까 하고 생각했기 때문이었죠. 더는 유약한 모습으로, 희미한 색채로 살아가고 싶지는 않았어요. 공무원 시험을 중간에 포기했던 것도 계속 그 상태로 남아있을 것만 같다는 두려움 때문이었습니다. 바보 같은 생각이었지만 저는 어떻게든 변하고 싶었어요. 당시 저는 제 성격과 제가 처해 있는 상황이 마음에 들지 않았어요. 그래서 무리라는 것을 알면서도 선택을 한 것이었죠.

결론적으로 저의 선택은 틀렸고, 실패한 것이 되어 버렸어요. 어쩌면 당시의 저는 계속해서 잘못된 선택만 했던 게 아닐까 생각합니다. 핑계를 대자면 그때 저에게는 무엇이 옳은 것인지 신중하게 생각해볼 여유가 없었고, 주변에는 바른 판단을 도와줄 사람이 없었다고 생각해요. 하지만 이미 말한 대로 무책임한 핑계일 뿐이죠. 이제 저는 저의 선택으로 인한 결과에 반성해야 하고 책임을 져야만 합니다. 그리고 그 반성과 책임은 선배님을 향한 것이 큰 부분을 차지하고 있다고 생각해요.

선배님은 분명 저의 잘못인데도 불구하고 자신이 미안함과 죄책감을 느끼고 있다고 했어요. 너의 잘못은 없다고, 부디 잘 회복해서 건강한 모습으로 다시 만나길 희망한다고 문자를 보내주셨죠. 선배님의 문자를 받았을 때 정말로 기뻤고 위로가 되기도 했지만, 한편으로는 저의 잘못된 선택이 선배님에게 큰 부담과 상처를 드렸다는 생각에 가슴이 아팠습니다. 그때는 비록 대답할 수 없었지만 그때 당시에도 그랬고, 그리고 지금도 이 대답을 꼭 드리고 싶어요. 모든 것은 제 잘못이지 선배님이 미안함과 죄책감을 느낄 필요가 없다고, 오히려 선배님이 계셨기 때문에 제가 그 정도의 시간을 버틸 수 있었던 거라고, 만약 선배님이 안 계셨다면 저는 아마 더 빨리 무너져 버렸을 것이라고, 그래서 정말로 감사하고 또 정말로 죄송하다고.

현재 제가 완전히 회복되었는지는 잘 모르겠습니다. 이곳은 강제 입원 시설은 아니어서 제가 원하면 언제든지 퇴원을 할 수 있어요. 하지만 저는 이곳에서 조금 더 지내볼까 생각 중이에요. 이곳은 분명 정해진 스케줄에 의해 규칙적으로 하루하루를 보내고 개인의 자유시간은 제한되어 있어요. 하지만 그게 힘들다거나 저를 구속한다는 생

삼척에서 온 편지

각이 들지는 않아요. 아침 일찍 일어나 가벼운 체조를 하고 식사를 하죠. 이후 오후까지 다양한 프로그램을 선택하여 참여할 수 있어요. 책을 읽거나, 그림을 그리거나, 운동을 하거나, 또는 사람들과 대화를 할 수도 있습니다. 가까운 산으로 산책을 하러 가거나, 시설 내에 있는 텃밭에서 채소를 직접 재배해서 먹기도 합니다. 여기서 일상을 보내다 보면 바깥의 세계와는 다른 시간의 흐름이 있는 것 같고 그동안은 잘 알지 못했던 삶의 여유란 것을 희미하게나마 느낄 수가 있어요. 그래서 저는 조금 더 이곳의 시간에 몸을 맡긴 채 앞으로의 삶을 생각해 보려 합니다.

　저는 이제 스스로 변해야만 한다는, 세상에 맞게 나를 바꿔야 한다는 생각을 하지 않으려 해요. 지금의 모습으로도 충분히 저에게 맞는 템포로 살아갈 수 있다는 것을 조금씩 깨닫고 있거든요. 그러한 삶의 모습이 아직은 눈앞에 선명하게 그려지지는 않지만, 앞으로 제 눈을 가리고 있는 여러 겹의 불투명한 막들을 하나하나 천천히 없애 나가보려 합니다. 혹여 끝까지 선명해지지 못하더라도 그건 그것 나름의 의미가 있고 괜찮다고 생각해요. 제가 여기 있으면서 깨달은 것 중 하나는 삶의 모든 모습이 선명할 필요는 없다는 거예요. 그렇지 않더라도 그것이 잘못된 건 아니고, 우리는 충분히 살아갈 수 있죠. 저는 이제 그렇게 믿게 되었어요.

선배님은 삼척에 와본 적 있으신가요? 얼마 전에 삼척에 있는 맹방 해수욕장이라는 곳에 관한 얘기를 들었어요. 초록빛 바닷물과 넓고 길게 뻗어있는 고운 모래의 백사장, 그리고 그 뒤편으로 울창하고 푸르른 소나무 숲이 펼쳐져 있는 삼척에서 가장 유명한 해수욕장 중 하나라고 해요. 그 얘기를 듣고 저는 5월의 따뜻한 햇볕 아래에서 맨발로 맹방 해수욕장의 하얀 파도가 백사장과 만나는 경계를 걸어보는 상상을 해봤어요. 차가운 바닷물과 따뜻한 모래 사장에 번갈아 발을 담그며 걷는 것을 상상하니 왠지 모를 두려움과 평화로움이 함께 느껴지는 것 같았습니다. 저는 이른 시일 내에 그곳에 가볼 생각이에요. 다행히 일주일에 하루 이틀 정도는 외출이 허락된다고 합니다.

선배님, 만약 괜찮으시다면 저와 그곳에 함께 가지 않으시겠어요? 누군가와 함께 가면 좋겠다는 생각이 들었는데 그때 가장 먼저 선배님이 떠올랐습니다. 다른 사람은 잘 떠오르지 않았어요. 선배님과는 겨우 1년 남짓 함께한 게 전부일 뿐인데 선배님이 떠올랐다는 게 저 스스로도 이상했지만 그게 사실인걸요. 갑작스러운 저의 부탁이 분명 부담스럽겠지만, 선배님이 함께해주시길 진심으로 바라고 있습니다.

　이곳은 개인 휴대폰 소지가 금지되어 있고 인터넷 환
경도 썩 좋지 않아요. 그래서 연락을 하려면 편지를 하거
나 요양원에 직접 전화를 하는 수밖에 없어요. 편하실 때
천천히 답을 주시길 바랍니다. 선배님의 답을 기다리고 있
을게요.

***

　나는 연수의 편지를 끝까지 다 읽고 난 뒤, 처음부터
다시 한 번 더 읽었다. 편지에서는 그의 조용하고 차분한
말투가 그대로 느껴졌다. 나는 우선 그가 건강히 잘 지내
고 있는 것을 확인해서 안심되었고, 그가 자신만의 삶의
방식을 찾아가고 있다는 것이 반갑고 기뻤다. 그리고 무엇
보다 나를 잊지 않고 기억해서 편지를 보내준 것이 고마웠
다.

　나는 스마트폰의 지도 앱을 열어 삼척시 미로면과 맹
방 해수욕장이 어디쯤 있는 곳인지 확인해 보았다. 그리고
그곳으로 가는 버스와 기차도 검색해 보았다. 그곳에 간
다는 것에, 그리고 그를 만난다는 것에는 어떠한 고민이
나 망설임도 없었다. 가능하다면 내일이라도 당장 가고 싶

은 마음이었다. 최근에는 급한 업무가 없으므로 금요일에 연차를 사용해 주말 동안 삼척에 다녀오는 것에 문제는 없었다. 나는 사무실로 돌아가면 바로 일정을 확인하고 연차 휴가를 신청해야겠다고 생각했다.

나는 편지를 봉투에 넣어 반으로 접고 고개를 들어 잠시 공원 안을 바라보았다. 따뜻하고 밝은 햇살이 공원 안에 가득 쏟아졌고, 공원 안의 나무들과 놀이기구들은 그 햇살 아래에서 반짝거렸다. 시원한 바람이 등 뒤에서부터 부드럽게 불어와 나의 어깨와 머리카락을 쓰다듬듯 스쳐 갔다. 삼척도 여기와 같은 날씨일지 궁금했다. 나는 조만간 연수와 함께 걸을 맹방 해수욕장을 생각하며 그곳도 오늘 여기처럼 밝은 햇살과 부드러운 바람이 가득하길 진심으로 희망했다.

필승

그 모습을 본 나는 이대로 그를 혼자 두는 게 나을 것 같다고
생각했다. 누구도 필요하지 않을 것 같았다. 그는 지금 아무도
시키지 않았지만 스스로 노래를 부르고 있다. 자신이 부르고 싶
어서, 그리고 자신의 마음을 외치고 싶어서.

필승

    살아가다 보면 예상치 못했던 순간에 어떠한 매개체에 의해 깊숙이 가라앉아 있던 과거의 기억이 갑자기 떠오를 때가 있다. 그 매개체는 어떠한 물건일 수도 있고, 장소, 음악, 또는 음식 등 사람의 기억을 셀 수 없는 것과 마찬가지로 수없이 다양하다. 그리고 나에게도 그러한 매개체에 의해 떠오르는 어떤 특별한 기억이 있다.

    지금부터 하는 이야기는 내가 알고 있는 한 친구에 관한 이야기이다.

    새로운 밀레니엄이 시작되고 다음 해인 2001년, 나

는 대학에 입학했다. 그리고 그 친구도 나와 같은 시기에 대학에 입학한 같은 01학번 동기였다. 하지만 우리는 같은 전공은 아니었다. 나는 건축설계 전공이었고, 그는 법학 전공이었다. 그렇다고 우리가 같은 동아리에 가입했거나, 그와 비슷한 어떤 활동을 같이한 것도 아니었다. 그렇게 서로 간의 교집합이 딱히 없던 우리는 학기 초의 우연한 만남 이후 어쩌다 보니 어느새 친구가 되어 있었다.

대학교에 입학하고 나서 얼마 지나지 않은 3월의 캠퍼스는 정확히 설명할 수 없는, 무언가 새롭게 시작될 것만 같은 묘한 긴장감과 설렘으로 가득했다. 그러한 분위기는 학생들의 가슴속 깊은 곳에 있는 어떤 흥분과 같은 감정을 일렁이게 만들었다. 그리고 그 감정은 매일 밤 요동을 치며 캠퍼스 주변 곳곳에서 조금은 과하다 싶은 흥겨움과 요란스러움으로 변형되어 분출되곤 했다. 그렇게 과한 흥겨움과 요란스러움으로 가득했던 3월의 어느 날 밤 우리는 처음 만나게 되었다.

그날 밤 학교 근처 호프집에서 학과 신입생 환영회가 있었고, 나는 신입생의 당연한 의무라 생각하며 그 행사에 참석했다. 이미 개강하기 전부터 오티, 엠티 등 여러 행사를 통해 서로 몇 번씩 함께 했었지만, 개강 후 공식적으로 선후배가 처음 모이는 자리여서 그런지 처음에는 분위기가 조금 부자연스럽고 서먹했다. 하지만 소주가 한 잔, 두 잔 돌기 시작하자 분위기는 언제 그랬냐는 듯 순식간에 왁자지껄하게 바뀌었다. 선배들은 후배들을 향해 으스대며 뭔가 대단한 사실을 아는 것 마냥 거드름을 피웠고, 후배들은 그런 선배들을 마치 존경하는 위인을 대하듯 우러러보며 선배들이 따라주는 술을 넙죽넙죽 받아 마셨다. 그리고 시간이 얼마 지나지 않아 그곳에 있는 대부분의 신입생은 하나둘 술에 취하기 시작했다.

그 장소에는 우리 학과만 있는 건 아니었다. 무슨 학과인지는 알 수 없었지만 다른 학과도 한 편에서 신입생 환영회를 하고 있었고, 역시나 그곳도 우리와 마찬가지로 분위기가 금세 달아올랐다. 그래서 호프집 안은 어느새 시장통을 방불케 할 정도의 소란스러움으로 가득 찼다. 그리고 그 소란스러운 분위기는 갑자기 어떤 남학생이 의자 위에 올라가 노래를 부르기 시작하자 더 뜨겁게 들끓기 시작했다. 그가 부르는 노래는 서태지와 아이들의 〈필승〉이었다. 그는 이미 술이 많이 취한 듯 몸을 비틀거렸다. 그래도 박자나 발음은 꽤 정확했다. 그는 가는 목소리로 최선을 다해—그는 정말 온 최선을 다하는 것처럼 보였다—절대 쉽지 않은 음정의 노래를 나름대로 소화하는 중이었다. 물론 객관적으로 평가하자면 결코 들어줄 만한 노래 솜씨는 아니었다. 솔직히 무반주로 필승을 부르는 그의 모습은 TV 속 코미디처럼도 보였다. 그랬기에 그의 주위에 있는 사람들은 비록 소리를 지르며 그에게 호응하고는 있었지만, 그들의 얼굴에는 보기에 부끄러우면서도 재미난 어떤 못된 장난을 치고 있을 때처럼 순수하지만은 않은 웃음이 가득했다. 하지만 그는 사람들의 표정 따위는 전혀 신경 쓰지 않는 듯 진지한 표정과 태도로 끝까지 노래를 불렀다. 나를 비롯한 우리 학과 사람들도 잠시 그 모습을 신기한 듯 지켜보며 웃었지만, 금세 흥미를 잃고 다시 우리들만의 시답잖은 얘기에 집중한 채 술을 마셨다.

　시간이 흐르고 사람들이 살짝 지쳐 흥분과 어수선함이 조금은 가라앉았을 때 나는 슬며시 일어나 가게 밖으로 빠져나왔다. 자신의 주량을 알 틈도 없이 선배들이 따라주는 대로 받아 마셨더니 어느새 취기가 올라왔고, 계속해서 이렇게 마시다가는 스스로 제어가 안 될 것 같다는 걱정이 들었다. 그래서 화장실도 갈 겸 잠시 바람을 쐴 목적으로 술자리를 빠져나온 것이었다. 나는 점점 올라오는 술기운을 애써 억누르며 우선 화장실에 갔고, 거기에서 아까 의자 위에 올라가 가는 목소리로 〈필승〉을 열창했던 그와 마주쳤다.

　그는 남자 화장실의 소변기 옆에서 정신을 잃고 고개

를 숙인 채 바닥에 앉아있었다. 분명 술에 심하게 취해 화장실에 왔다가 그대로 정신을 잃은 것이었겠지만, 아까 열정적으로 노래를 부르던 모습이 겹쳐지면서 그의 모습은 마치 자신의 마지막 예술혼을 불태우고 쓰러진 예술가처럼 보이기도 했다. 나는 조심스럽게 그에게 다가가 어깨를 툭툭 치며 그를 깨워보았다. 하지만 그는 미동도 하지 않았다. 나는 잠시 어떻게 해야 할지 고민했다. 그 순간 가장 현명한—그리고 가장 번거롭지 않은—대처 방법은 그가 속한 학과가 있는 테이블에 가서 그가 화장실에 쓰러져 있다고 말해주는 것이었다. 하지만 나도 그때는 이미 제정신이 아니었기에 합리적인 판단을 할 수 없었다. 그랬기에 어느 순간 이미 나는 그를 반쯤 업은 상태로 화장실에서 끌고 나와 그가 있던 테이블로 향했다.

도대체 왜 그랬을까? 어쩌면 내가 그를 남겨두고 호프집으로 들어간 사이 혹시 그에게 무슨 일이 일어나지는 않을까 걱정이 된 걸지도 모르겠다. 내 등에 걸쳐진 채 축 늘어져 끌려 나오는 그를 보며 어떤 사람들은 깜짝 놀라기도 했고, 어떤 사람들은 나를 향한 건지 아니면 그를 향한 건지 모를 손가락질을 하며 낄낄거리기도 했다. 나에게서 그를 옮겨 받은 그의 학과 사람들은 고맙다고 얘기하고는 무언가 자기들끼리 속닥거리며 키득키득 웃었다. 나는 그를 자리로 옮긴 후 원래 바람을 쐬려고 했던 계획도 잊어버린 채 그대로 내 자리로 돌아갔고, 그새 다시금 살아난 요란한 술자리 분위기에 휩쓸려 그날 밤 결국 필름이 끊기고 말았다.

그를 다시 만난 건 환영회 이후 며칠 뒤, 한 교양수업 시간에서였다. 알고 보니 우리는 같은 교양수업을 수강하고 있었다. 그는 같이 수업을 듣는 동기들에게 그날 밤 내가 자신을 챙겨준 얘기를 듣고는 쉬는 시간에 내게로 왔다. 그리고 노래를 부를 때와 같은 가는 목소리로 나에게 말했다.

"그날 감사했어요. 제가 술을 마실 줄도 모르는데 그날은 너무 많이 마셔서. 이거 드세요."

그가 내 책상 위에 올려놓은 건 포도 맛 웰치스 캔이었다. 그건 학교 자판기에서 파는 음료수 중 가장 비싼 것이었다. 나는 별거 아니었다고, 음료수 잘 마시겠다고 답했다.

그날 이후 나와 그는 이미 말했던 것처럼 어쩌다 보니 친하게 지내는 사이가 되었다. 정확히 말하자면 그가 나에게 적극적으로 다가왔다. 그리고 나도 딱히 그를 거부하진 않았다. 그렇게 우리는 쉬는 시간에 담배도 같이 피우고,

수업이 끝나면 함께 매점으로 가 라면이나 과자 등을 먹으며 이런저런 이야기를 나누는 사이가 되었다. 그렇게 그와 함께하면서 알게 된 사실인데, 그는 서태지와 아이들의 열성 팬이었고, 내가 그를 처음 본 날 이후에도 학교 사람들 앞에서 여러 차례 그들의 노래를 불렀다고 했다.

"그날 옆에 앉아 있던 선배하고 이런저런 얘기를 하다가 그 선배가 나한테 잘하는 게 뭐냐고 물었거든. 그래서 서태지를 좋아하고, 또 그의 노래를 부르는 걸 좋아한다고 말했지. 그랬더니 그럼 한번 불러보라고 하는 거야."

그는 잠시 말을 멈춘 후 앞에 놓여 있던 과자를 집어 먹었고, 과자를 집었던 손가락 끝을 입속에 넣어 쪽쪽 빨고 나서 계속 말을 이었다.

"갑자기 노래를 시키는 게 생뚱맞긴 하잖아. 그런데 내가 또 성격이 조금 이상하거든. 그런 거에 스스로 나서지는 않는데, 누가 시키면 또 빼지도 않아. 그래서 열심히 노래를 불렀지. 그랬더니 그게 소문이 나서 어딜 가든 나보고 서태지 노래를 불러보라고 하더라고."

그는 학과 술자리는 물론 전공 수업 시간에도 노래를 불렀고, 그가 속한 동아리에서도 자주 노래를 부른 모양이었다. 그의 성은 한이었는데 그를 알고 있는 사람들 사이에서 그는 이미 한태지로 유명한 듯했다. 나는 그를 신기하게 바라보면서 혹시 그럼 그때마다 〈필승〉을 부른 거냐고 물었다.

"장난해? 나는 누구에게도 뒤지지 않는 서태지와 아이들의 열혈 팬이라 자부한다고. 그들의 모든 앨범에 수록된 전곡을 가사 없이, 그리고 반주 없이 부를 수 있단 말이야. 물론 〈필승〉이 가장 좋아하는 곡이긴 하지만, 보통은 그날 기분이나 모임의 분위기 등을 봐서 적당한 곡을 골라서 부른다고. 춤도 추면서 부를 수 있어. 〈난 알아요〉나 〈하여가〉, 〈컴백홈〉 같은 노래들은."

그는 나의 질문이 마음에 별로 안 든 듯 흥분해서 조금 더 가늘어진 목소리로 답했다. 나는 그의 대답을 듣고 그가 춤을 추며 〈난 알아요〉나 〈하여가〉, 〈컴백홈〉을 부르는 장면을 상상해 보았다. 그날 〈필승〉을 부르는 모습으로 미루어 짐작해 봤을 때 그가 그러한 노래와 춤을 그렇게 잘 할 것 같지는 않았다. 물론 그는 정말 진지하게 최선을 다해 노래를 부르고 춤을 추겠지만, 그 모습이 멋있다기보다는 어딘지 모르게 우스꽝스러울 것 같다는 생각이 들었다. 그리고 그에게 노래를 시키는 사람들은 분명 그의 노래가 정말 듣고 싶어서라기보다는 그러한 우스꽝스러운 모습을 보며 웃고 즐기려는 목적이었을 거라고 나는 생각했다. 나는 그가 과연 이러한 사실을 알고 있을지 궁금했다. 아마도 그는 모를 것이다. 아니, 알고 있다고 해도 사람들이 시키면 그는 노래를 부를 것 같았다. 진정으로 서태지를 좋아하고 그의 노래를 사랑하기에 주변 사람들이 어떻게 생각하든 상관없이 말이다. 어쩌면 서태지의 노래를 부르는 그 순간이 그에겐 가장 행복한 순간일지도 몰랐다.

별것도 없이 괜히 소란스럽기만 했던 중간고사 기간과 축제 기간도 어느덧 지나가고 조금은 느슨한 일상으로 다시 돌아온 5월 말의 어느 날 오후, 그와 나는 수업을 마치고 노천극장 벤치에 앉아 따스한 햇볕을 쬐며 자판기에서 뽑은 커피를 마시고 있었다. 설탕과 크림이 알맞은 비율로 첨가된 커피의 달콤함과 부드러움은 5월의 여유로운 오후와 너무나 잘 어울렸다. 여유를 만끽하며 이런저런 얘기를 나누던 중, 그는 사실 최근에 한 가지 고민이 있다고 말했다.

"사실 다른 사람들한테 고민 같은 거 잘 얘기하지 않는데, 그래도 너는 왠지 도움을 줄 것 같아서."

그가 평소보다 더 작은 목소리로 말했다.

그의 고민은 이성 관계에 관한 것이었다. 그가 가입한 동아리에 동기 여학생이 한 명 있는데 어느 순간부터 그녀가 자신의 머릿속에서 사라지질 않는다는 것이었다. 그의 고민은 대강 다음과 같은 것들이었다.

그녀와 함께 있으면 계속 그녀만 바라보게 되고, 그녀와 눈이라도 마주치면 가슴이 마구 쿵쾅댄다. 그녀를 정말로 그리고 진심으로 좋아하고 있는데, 그래서 미칠 것만 같은데, 그녀에게 이러한 마음을 고백해도 될지 확신이 들지 않는다. 혼자만의 짝사랑인 것 같아서 자신이 없다. 만약 고백했다가 거절당하고 어색한 사이가 된다면 나는 정말로 절망에 빠질 것 같다.

목소리와 표정으로 봐서는 그는 정말 진심이었다. 마치 그가 서태지의 노래를 부를 때만큼이나 진심이었다. 그런데 안타깝게도 그가 진지하게 고민을 털어놓은 상대인 나는 아직까지 이성 교제의 경험이 한 번도 없었다. 그래서 나는 그의 고민 상담 요청이 무척 난처했다. 그렇다고 잘 모르겠다고 말하자니 괜히 자존심이 상할 것 같았다. 그래서 나는 잘 알지도 못하면서 멋대로 그에게 조언을 했다.

"그러지 말고 자신 있게 고백해보는 건 어때? 이도 저도 아니게 눈치만 보며 혼자서 끙끙대는 것보단 확실하게 마음을 확인해 보는 게 좋지 않을까? 물론 거절당한다면 당장은 힘들겠지만, 그래도 그렇게 깔끔하게 정리하는 게 나을 것 같아. 혹시 또 알아? 용감하게 고백하는 모습에 그

애가 반할지."

　용감하게 고백하는 모습에 반한다니. 순간 이렇게 대책 없는 조언을 해 준 내가 부끄럽고 창피했다. 나는 그가 내 조언을 무시하길, 아예 비웃길 바랐다. 그런데 그는 내 말을 듣고 나서 진지한 표정으로 천천히 고개를 끄덕이며 아무 말 없이 커피를 마시기만 할 뿐이었다. 나도 더는 어떤 말도 하지 않은 채 그의 눈치를 보며 커피를 홀짝거렸다. 순간 어디선가 불어온 따스한 바람이 우리가 앉아 있는 벤치 뒤편의 나무를 부드럽게 스치고 지나가면서 초록의 잎들이 사각거리는 소리를 냈다. 그리고 나의 고민 상담은 그것으로 끝나버렸다. 그는 갑자기 약속이 있어 먼저 가보겠다고, 고마웠고 나중에 다시 보자고 말하며 황급하게 어디론가 가버렸다. 나는 내가 괜한 말을 한 건가 싶어 조금 걱정되기도 했다. 누가 시키면 빼지 않고 그대로 하는 그의 성격상 그가 그녀에게 바로 고백할지도 모른다는 생각이 불현듯 들었다. 만약 정말 그가 그렇게 한다면 어떠한 일이 벌어질지 나는 머릿속으로 상상하며 그가 떠나고 없는 자리를 바라보았다. 그곳에는 그가 놓고 간, 다 마시지 못한 커피가 담긴 종이컵의 그림자가 길게 드리워져 있었다.

그날 이후 그를 만나지 못했다. 그는 몇 번 남지 않았던 교양수업에 모두 결석했고, 심지어 기말시험 때도 나타나지 않았다. 나는 그에게 계속 연락을 해보았지만, 그는 전화도 받지 않았고 문자에 답장도 하지 않았다. 같이 수업을 듣는 그의 학과 동기들에게도 물어보았지만, 그들도 역시 그의 행방을 알지 못했다. 처음엔 그에게 무슨 일이 있나 싶어 걱정되기도 했지만, 시간이 흐르자 그러한 걱정도 희미해져 갔다. 그리고 어느덧 여름방학은 코앞으로 다가왔다.

마지막으로 남은 수업의 기말시험까지 마친 후, 한 학기 동안 무사히 지내고 여름방학을 맞은 것을 기념하고자 나는 친구들과 함께 학교 근처 호프집으로 갔다. 그곳은 학기 초에 신입생 환영회를 했던, 그리고 그가 의자 위에 올라가 〈필승〉을 불렀던 그 호프집이었다. 나는 그가 노래를 불렀던 자리를 바라보며 다시 한번 그에게 연락해 볼까 잠깐 생각했지만, 이내 다음에 하자며 생각을 바꿨다. 같이 간 친구들도 그때가 기억이 났는지 그에 관해 얘기하기 시작했다.

"야, 그때 신입생 환영회 때 기억나냐? 저쪽에서 노래 불렀던 애."

"당연히 기억나지. 〈필승〉 불렀었잖아. 진짜 웃겼는데 걔."

"내가 그때 걔 노래 부르는 거 보고 술이 다 깼잖아. 진
짜 충격적이었어."

"듣는 내가 다 부끄럽더라. 본인은 자기가 잘 부르는지
아나? 진짜 골 때리는 놈이었어."

친구들은 그와 나의 사이를 모르고 있었다. 나는 가슴
속에서 뭔가 욱하고 올라오는 감정을 느꼈지만 끝내 아무
런 말도 하지 않았다. 어쨌든 그들 나름의 생각이었고, 거
기서 내가 "그는 그저 서태지와 아이들을 좋아할 뿐이라
고. 좋아하는 노래를 최선을 다해 부르는데 뭐가 문제야?"
라고 말하는 게 왠지 더 이상할 것 같았기 때문이었다. 어
쨌든 그에 관한 얘기는 오래가지 않았다. 우리는 어느새
우리 앞에 놓인 술이 가득 찬 잔을 들어 건배한 뒤 시시콜
콜한 얘기에 한껏 열을 올리며 술을 마시기 시작했다.

간단히 마시고 헤어지려던 술자리는 생각보다 길어져
우리는 12시가 다 되어서야 호프집에서 나왔다. 지하철 막
차를 타기 위해 황급히 역으로 향하던 중 나는 학교 사물
함에 놓고 온 물건이 하나 떠올랐다. 나는 잠깐 고민하다
가 물건을 가지러 다시 학교로 돌아가기로 했다. 지금 학
교로 돌아가면 집에 가기 위해 택시를 타야 했지만, 방학
동안에는 웬만하면 학교에 오고 싶지 않았다. 나는 친구들

에게 먼저 가라고 한 뒤 발길을 돌려 학교로 향했다.

늦은 시간의 학교는 조용했다. 여름 방학이 시작되어서인지 늦게까지 공부를 하다 나오는 사람들도, 또 캠퍼스 곳곳에서 삼삼오오 모여 앉아 술을 마시는 사람들도 오늘 밤엔 보이지 않았다. 나는 적막한 캠퍼스를 가로질러 사물함이 있는 건물로 들어가 물건을 챙기고 다시 밖으로 나왔다. 왔던 길로 되돌아가던 중 적막을 깨고 어딘가에서부터 들려오는 노랫소리를 들었다. 걸음을 멈추고 자세히 들어보니 익숙한 목소리에 익숙한 노래였다. 그건 바로 그가 부르는 〈필승〉이었다. 나는 오랜만에 듣는 그의 목소리에 반가움을 느끼면서도, 이 시간에 도대체 왜, 어디서 그의 노랫소리가 들리는지 궁금했다. 그래서 그의 목소리가 들려오는 방향으로 거의 뛰다시피 하듯 빠르게 발걸음을 옮겼다.

그가 노래를 부르고 있는 곳은 아무도 없는 노천극장의 무대 위였다. 어두운 부분까지 확실하게 보이진 않았지만 적어도 내가 봤을 때 노천극장에는 그 외에 아무도 없었다. 그는 아무도 없는 노천극장에서 그 어느 때보다 큰 목소리와 열정적인 몸짓으로 〈필승〉을 부르고 있었다. 주변이 어두워서 그의 얼굴 표정이 보이진 않았지만, 그의 목소리와 몸짓을 통해 여느 때처럼 진지할 그의 표정을 떠올릴 수 있었다.

"아무도 모르게 내 속에서 살고 있는 널 죽일 거야. 내 인생 내 길을 망쳐버린 네 모습을 없애놓을 거야."

그는 여기까지 부른 뒤 노래를 멈추고 거칠게 숨을 쉬는 듯 상체를 숙인 채 크게 몸을 들썩였다. 나는 그에게 가서 인사를 해야 하는 건지 판단이 잘 서지 않았다. 그리고 그 순간 그가 가는 목소리로 이렇게 외쳤다.

"왜, 뭐 어때서! 내가 서태지 노래를 부르는 게 그렇게 창피해? 그게 그렇게 부끄러워?"

여태껏 한 번도 그에게서 들을 적 없었던 절규에 가까운 목소리였다. 그는 두 손으로 머리를 감싸 쥐더니 다시 자세를 잡고 필승을 이어서 부르기 시작했다. 그 모습을 본 나는 이대로 그를 혼자 두는 게 나을 것 같다고 생각했다. 누구도 필요하지 않을 것 같았다. 그는 지금 아무도 시키지 않았지만 스스로 노래를 부르고 있다. 자신이 부르고 싶어서, 그리고 자신의 마음을 외치고 싶어서.

나는 결국 그에게 가지 않고 뒤돌아서서 등 뒤로 멀어지는 그의 노랫소리를 의식하며 학교 정문을 향해 걸어갔다.

그날 이후로 20년 가까이 흐른 지금까지 나는 그를 다시 만나거나 연락이 닿은 적이 없다. 나중에 알게 된 건 그날 밤이 지나고 얼마 후 그가 군대에 갔고, 복학도 하지 않았다는 사실이었다. 그가 그렇게까지 했어야만 했던 이유가 과연 무엇이었는지 나는 지금도 알지 못한다. 처음엔 아마도 좋아하는 여자에게 버림받았기 때문이라는, 그저 너무 얄팍하고 쉬운 추측만을 했다. 그리고 만약 그게 사실이라 해도 그런 것 때문에 굳이 그렇게까지 했어야 했을까라고 생각했다.

하지만 이후 조금 더 생각해보니 어쩌면 그는 당시 자신의 모든 걸 쏟아부어서 열정적으로 좋아했던 것들이 부정당한 것일 수도 있겠다는 생각이 들었다. 그가 그렇게 좋아했던 서태지와 아이들의 노래가 부정당했고, 그가 미칠 것처럼 좋아했던 그녀에게서 자신마저 부정당했던 건 아니었을까? 만약 그렇다면, 자신의 모든 것이 부정당했던 당시 그의 심정은 어떠했을까? 나는 짐작조차도 할 수가 없다.

지금도 종종 TV나 라디오에선 90년대의 아이콘으로서 서태지와 아이들이 조명되곤 한다. 그렇게 그들의 영상과 노래들을 접할 때마다 나는 어쩔 수 없이 그를 떠올린다. 신입생 환영회에서 의자 위에 올라가 사람들의 환호를

필승

받으며 〈필승〉을 열창하던 그의 모습, 그리고 아무도 없는 어두운 노천극장에서 정말 온 힘을 다해 필승을 부르며 절규하던 그의 모습 말이다.

여름이 지나가고

어쩌면 우리는 그때 그 시절 이후로 서로 다른 시간의 속도를 살아가고 있는 건지도 몰랐다. 그리고 이제 그 시간의 속도를 다시 맞추려 하는 것은 무의미하고 불필요한 것일지도 모른다는 생각이 들었다. 그녀는 그녀대로, 나는 나대로 우리는 각자의 시간을 살아가야 하는 것이다.

여름이 지나가고

1장
그 해 여름, 우리들

일러스트 에세이 작가 정하영
신간 출간 기념 북 콘서트

    뜨거운 공기가 모든 것을 녹여버릴 것만 같던 늦여름의 어느 날, 북 콘서트 안내 포스터에서 하영의 이름을 보게 된 건 전혀 예상치 못했던 우연의 결과였다. 난 퇴근 시간의 북적거리는 종각역 4번 출구 앞에서 오랜만에 함께 술 한잔하기로 한 친구를 기다렸고, 친구는 약속 시각이 거의 다 돼서 30분 정도 늦을 것 같다는 메시지를 내게 보냈다. 마냥 밖에서 기다리고 있기엔 너무나 후덥지근한 날씨였기에 나는 더위나 피해 볼 생각으로 인근의 대형서점으로 이동했고, 서점의 정문 옆에 있는 게시판 앞에 섰을 때 그 포스터가 내 눈에 띈 것이었다.

포스터에서 처음 하영의 이름을 발견했을 땐 내가 알고 있는 정하영이라고는 생각하지 못했다. 그저 동명이인의 작가라고만 생각했다. 하지만 포스터 하단에 있는 작가의 사진을 보고 내가 아는 하영이가 맞다는 것을 알 수 있었다. 30대 중반이 된 사진 속 그녀는 전체적으로 예전의 모습과는 살짝 달라진 듯 보였지만, 자세히 보면 눈, 코, 입 모두 예전 모습 그대로였다.

정말 작가가 되었구나.

나는 그 포스터를 봤을 때 놀랍기도 하면서 한편으로는 무척 반가웠고, 하영이가 꿈을 이룬 것에 내심 기쁘기도 했다. 작가가 될 거라고 자신 있게 말하던 그 시절 모습이 떠오르면서, 목표를 위해 무던히 노력했을 그녀가 새삼 대단하다고 생각했다. 그에 비해 아직도 하고 싶은 것이 무엇인지도 모른 채 하루하루를 그저 흘려보내고 있는 나자신이 어쩐지 부끄럽게 느껴졌다.

나는 스마트폰을 꺼내 하영의 이름을 검색해 보았다. 하영은 몇 년 전에 데뷔작을 내었으며, 블로그를 통해 꾸준히 에세이를 연재하다가 이번에 두 번째 작품을 발간하는 것이었다. 기사를 검색해 보니 이미 일러스트 에세이 분야에서는 어느 정도 인지도가 있는 것 같았다. 아마 내가 조금만 관심을 가졌다면 쉽게 하영의 소식을 알 수 있었을 것이다. 하지만 난 하영과 연락이 끊겼던 지난 10여 년 동안 그녀의 소식을 궁금해하지 않았다. 아니, 궁금해하지 않은 것이 아니라 일부러 피했다는 말이 더욱 정확한 표현일 것이다.

나의 이십 대 시기에서 하영과 함께했던 시간은 잠시 스쳐 지나갔다고도 표현할 수 있을 정도로 짧았지만 분명 나에겐 무엇보다 특별한 시간이었다. 당시를 떠올리면 나는 항상 애틋하면서도 어쩔 수 없이 쓰라린 여운에 사로잡히곤 했다. 그리고 만약 하영의 소식을 알게 된다면 나의 마음이 바보같이 다시 흔들릴지도 모른다는, 그리고 예전의 어리석었던 실수를 다시 반복할지도 모른다는 두려움을 갖고 있었다. 그래서 나는 하영의 소식이 궁금했어도 애써 피하고 멀리하려 했던 것이다.

하지만 오늘 하영의 이름을 우연히 본 후, 나는 그녀를 만나보고 싶다는 생각이 충동적으로 들었다. 이제는 그저 오랜만에 만나는 친구로서 아무런 감정도 없이 반갑게 인사를 나누고 안부를 물을 수 있을 것 같았다. 그리고 어색하지 않게 작가가 된 것을 축하해 주면 될 뿐이었다. 어쩌면 하영도 나를 반가워할지 몰랐다. 분위기가 어색하지 않다면 예전의 추억을 공유하며 서로에게 가벼운 미소를 지어 보일 수도 있을 것이다.

괜찮을 거야. 벌써 10년도 넘게 지난 일이잖아.

나의 다짐과는 다르게 가슴 한구석이 아릿해져 오는 느낌을 애써 모른 척하며, 나는 아무런 감정 없이 하영을 만나보자고 결심했다.

북 콘서트는 돌아오는 토요일 오후 4시였다. 토요일에는 특별한 일정이 없었다. 여자 친구와 헤어진 뒤로 특별한 스케줄 없는 주말이 나에겐 자연스러운 일상이 되어버린 지 오래였다. 나는 스마트폰의 일정 관리 앱을 열고 토요일 오후 4시에 정하영 북 콘서트, 라고 입력했다. 화면에 텍스트로 표시된 이름과 날짜를 보자 나도 모르게 갑자기 가슴이 두근거리기 시작하는 것이 느껴졌다.

같은 초등학교에 다니다 졸업한 이후로는 한 번도 만난 적이 없던 우리는 이십 대 중반이 된 4월의 어느 날 동네의 작은 서점에서 우연히 마주쳤다. 6학년 때 마지막으로 같은 반이었던 이후 10년 넘게 시간이 훌쩍 흐른 뒤였다. 우리는 눈이 마주치자 서로 한 번에 알아보았다. 하영은 어릴 적 외모와 크게 달라진 게 없었다. 하얀 피부에 눈과 입이 크고 웃을 때면 왼쪽 볼에 작은 보조개가 생기던 그녀는 반에서 남자아이들에게 인기가 많은 여자아이였다. 이제 이십 대가 된 하영은 성숙한 느낌이 있었지만 분명 그때 모습이 그대로 남아있었다. 우리는 반갑게 서로의 안부를 물었고, 아직 같은 동네에서 살고 있음을 확인했다. 그렇게 반가운 해후 이후 동네에서 종종 만나면서 함께 밥도 먹고 술도 한잔하는 사이가 되었다.

군대에서 제대하고 이제 막 복학한 나하고는 달리 하영은 광고회사의 일러스트레이터로 일하는 중이었다. 하영은 나와 식당에서 밥을 먹다가, 또는 술집에서 술을 마시다가, 아니면 함께 길을 걷다가 자신이 작업한 광고가 텔레비전에서 나오면 나에게 알려주곤 했다. 그때 하영의 말투와 표정은 뿌듯해하는 것 같으면서도 어딘지 모르게 씁쓸해하는 것 같기도 했다. 하영은 자신의 일이 마음에 들지 않는다며 "난 이제 겨우 스물다섯 살이야. 뭔가 다른 일, 내가 정말 하고 싶은 일을 찾아서 도전해 보고 싶어."라고 말하기도 했다. 취업은커녕 학교를 졸업하는 것도 한

참 남은 나로서는 이미 취업을 해서 돈을 벌고 있는 하영이 부럽기만 할 뿐이었다.

"정말 하고 싶은 일이 뭔데?"

"음, 글쎄. 아직은 잘 모르겠어."

하영은 살짝 머뭇거리다가 웃으면서 대답했다.

자주 만나게 되면서 나는 하영에게 호감을 느끼게 되었다. 사실 난 6학년 때도 하영을 좋아했다. 당시 하영은 반에서 손꼽히게 예쁜 아이였고, 대부분의 남자아이가 하영을 좋아했다. 하지만 성인이 된 내가 하영에게 끌리는 이유는 단순히 외모 때문만은 아니었다. 나는 뭔가 특별한 감정으로 끌렸다. 하영의 생각과 말투, 행동에는 분명 독특한 매력이 있었고, 흔히들 생기라고 말하는 밝은 기운이 가득했다. 같이 대화를 하고 있으면 그러한 기운이 나에게도 전달되는 것 같았고, 그래서 덩달아 나도 기분이 좋아지곤 했다. 우리는 둘 다 영화, 음악, 미술, 문학 등 문화 예술 분야에 대한 관심이 많아서 종종 이를 주제로 대화를 나누곤 했고, 그럴 때면 항상 둘 다 시간 가는 줄도 모른 채 대화에 빠져들었다.

나는 점점 주체할 수 없이 하영에게 끌렸다. 만약 우리가 사귀게 된다면 누구보다 잘 어울리는 커플이 될 수 있으리라 생각했다. 하지만 나는 나의 마음을 적극적으로 말하지는 못했다. 왜냐하면 하영이 나를 어떻게 생각하고 있는지 전혀 알 수가 없기도 했지만, 무엇보다 하영이 연애에 별로 관심이 없는 것 같았기 때문이었다. 그래서 나는 확신이 설 때까지 나의 마음을 숨긴 채 우선 동네 친구로만 지내기로 했다.

내가 상우를 하영과의 만남에 데리고 나온 건 이맘때, 내가 하영에게 이성으로서 감정을 가지기 시작할 때였다. 상우는 나와 고등학교 동창이자 가장 친한 친구였고, 우리는 서로 죽이 잘 맞아 하루가 멀다고 만나는 사이였다. 상우는 하영을 궁금해했고, 나도 상우가 함께하면 조금 더 분위기가 재밌어지지 않을까 생각했다. 사실 나는 하영에게 감정을 가진 이후로 나도 모르게 하영을 대하는 태도가 점점 어색해지는 것을 느끼곤 했다. 그래서 나는 하영에게 허락을 구하고 상우를 만남에 불러내었다.

상우는 내성적이고 말수가 적은 나에 비해 외향적인 성격이었고 말주변도 뛰어났다. 넉살도 좋아서 처음 만나는 사람과도 유머러스하게 대화를 잘 이끌어가는 타입이었고, 그래서 하영도 상우를 거부감 없이 자연스럽게 받아들였다. 오히려 두 사람 모두 적극적이고 밝은 성격이 비슷해서인지 내 예상보다 더 빠르게 친해지는 것 같았고,

어느새 우리 셋은 오래 만난 친구들처럼 편안하게 어울리게 되었다. 그렇게 셋이 함께하며 즐거운 시간을 보냈지만, 나는 한 가지 아쉬움을 느꼈다. 상우는 문화예술 분야에는 전혀 관심이 없었고, 딱히 가져보려고도 하지 않았다. 그래서 셋이 모이면 대화는 그 외의 다른 주제에 관한 것들이 되었다. 하영과 둘이서 나누던 흥미로운 대화들은 어쩔 수 없이 이전보다 줄어들었고, 나는 속으로만 아쉬움을 삼켜야만 했다.

그러던 어느 날 나는 상우와 집 근처 공원에서 캔맥주를 마시던 중 하영을 향한 마음을 털어놓았다. 우리는 예전부터 서로의 연애 고민을 허심탄회하게 나누고 조언을 해주곤 했었기에 이러한 대화가 어색하지 않았다. 상우는 내 말을 듣고 순간 놀라며 당황했지만 이내 특유의 쾌활한 목소리로 말했다.

"역시, 네가 분명 하영이를 좋아하고 있을 거라 생각은 했어."

"그래? 티 났냐?"

나는 손에 들고 있는 맥주 캔을 괜히 만지작거리며 말했다.

"당연히 티 났지. 누가 봐도 알았을걸? 하영이를 보는 네 눈이 그냥 하트였어, 하트."

나는 어색하게 웃고는 맥주를 크게 한 모금 들이켰다.

"고백을 해도 괜찮을지 확신이 안 들어. 하영이가 연애에는 관심이 없는 것 같고, 나를 어떻게 생각하고 있는지도 잘 모르겠고."

상우는 가만히 내 얘기를 듣고는 말없이 잠깐 생각을 하는 듯하더니 중요한 비밀이라도 되는 것처럼 목소리를 낮춰서 말하기 시작했다.

"내 생각에는 우선 지금 당장 고백을 하는 건 아닌 것 같아. 그리고 같이 있을 때 얘기하는 거나 태도를 보면 내가 봐도 하영이가 딱히 너를 이성으로 생각하고 있는 것 같지는 않아. 그러니 조금 더 기다리면서 하영이의 마음을 확인해보고 확신이 들 때 다가가는 게 좋을 것 같아. 괜히 지금 고백했다가 사이만 어색해진다니까."

맞는 말이었다. 나도 그렇게 생각했다. 아마 상우가 아닌 다른 사람이었어도 같은 대답을 했을 것이다. 그런데 조바심이 드는 건 어쩔 수 없었다. 하영이가 연애에 별 관심이 없다고 생각을 하면서도, 만약 지금 당장 고백하지 않으면 다른 사람이 생길 것 같다는 모순된 생각이 머릿속에서 계속 맴돌았다. 그리고 최근에는 아무런 근거도 없이 하영이 다른 사람을 만날 것 같다는 생각이 점점 더 강해졌다. 상우는 이러한 내 생각을 듣더니 답답하다는 표정으로 다시 나에게 말했다.

"아니라니까. 야, 내가 얼마 전에 걔랑 만나서 술 한잔 하며 얘기를 했었는데."

순간 상우의 말에 신경이 곤두섰다. 만나서 술을 마셨다고? 나 빼고 둘이서? 갑자기 날카로운 불안감이 내 가슴을 찌르고 들어왔다. 왜 나에게 연락도 안 하고 둘이서만 만난 것일까? 상우는 얼굴도 잘생기고 성격도 좋아서 여자애들에게 인기가 많은 편이었다. 그러한 상우가 하영이와 단둘이 함께하는 장면을 머릿속에 떠올리자 나의 눈빛은 흔들리기 시작했다. 하지만 상우는 나의 감정은 전혀 눈치채지 못한 채 계속 말을 이어나갔다.

"내가 살짝 떠봤었어. 너를 어떻게 생각하느냐고. 그랬더니 착하고 좋은 친구라고, 얘기도 잘 통해서 항상 도움이 된다고, 이렇게 얘기하더라고. 그래서 좀 더 직접적으로 물어봤지. 그런 거 말고 혹시 남자로서는 어떠냐고. 그랬더니 처음엔 웃으면서 나한테 뭐 하는 거냐고 하더라. 그래서 그냥 재미 삼아 가정해 보는 거다, 말해봐라, 이랬지."

불안한 기분과는 별개로 나는 하영이 상우의 질문에 어떤 대답을 했는지 몹시 궁금했다. 맥주 캔을 들고 있는 손에 나도 모르게 힘이 들어갔다.

"하영이가 자기는 지금 남자 친구 같은 거 관심도 없고 만들고 싶지도 않다고 하더라. 그리고 만약 남자 친구를 만난다고 해도 친구처럼 지내다 연인이 되는 건 별로라고 말이야. 보니까 걔는 친구 사이에서 연인으로 바뀌는 거는 원하지 않는 거 같았어."

상우는 잠시 말을 멈추고 호흡을 가다듬었다. 자신도 이러한 말을 해서 미안하고 당황스러운 듯 살짝 떨리는 목소리였다.

"네가 하영이를 좋아하는 마음은 이해하지만 당장 너무 성급하게 들어가지 말고 조금 더 기다려보자. 시간이 지나면 걔 마음이 변할 수도 있으니까. 그러니 우선은 친한 동네 친구로 계속 지내는 게 어떨까 싶다. 지금은 아닌 것 같아."

상우는 나를 위로하려는 듯 내 어깨를 토닥이며 맥주를 마셨다. 건너 들은 것이긴 하지만 하영의 마음을 알고 나니 허탈해지기도 했고, 한편으로는 한결 마음이 편안해지기도 했다. 어쨌든 내가 선택할 방법은 두 가지뿐이었다. 마음을 정리하고 그냥 친구로 지내던지, 아니면 그 시기가 언제가 될지는 모르지만 고백하고 그에 따른 결과를 받아들이던지.

"그래, 그럴 거 같더라. 우선은 기다리는 게 맞겠지. 나도 그렇게 생각하긴 했어."

나는 혼잣말을 중얼거리듯 작은 목소리로 말했다. 잠시 침묵이 흘렀다. 나는 맥주를 한 모금 마신 뒤 상우를 향해 불쑥 말했다.

"너 근데 하영이랑 단둘이 술은 왜 마신 거냐?"

내 질문을 받은 상우는 맥주 캔을 입에 댄 채로 한동안 정면만 응시했다. 그리고 천천히 고개를 돌려 가늘게 뜬 눈으로 나를 쳐다보며 말했다.

"뭐야 너, 지금 나를 의심하는 거야? 내가 걔하고 무슨 관계일까 봐?"

상우는 어이없다는 듯 크게 웃으며 말했다.

"웃긴다 너. 그냥 며칠 전에 집에 들어오는 길에 우연히 만났어. 걔도 퇴근하는 길이더라고. 그래서 같이 집에 오는 길에 밥이나 먹을 겸 술 한잔하자고 했지. 그리고 어차피 금방 먹고 들어갈 거니까 굳이 너는 부르지 않은 거고. 진짜야. 너 어떻게 그런 생각을 할 수 있냐? 놀랐다 야."

상우는 이 상황이 재밌어 죽겠다는 듯 계속 웃으며 내 옆구리를 쿡쿡 찔러댔다. 나는 뭔가 미심쩍기도 했지만, 괜히 친구를 의심한 것 같아 민망하기도 했다. 우리는 맥주 캔이 이미 비어버린 것을 알고는 몇 캔을 더 사서 우리 집 옥상으로 이동했다.

　　학교에 복학한 이후 시간이 어떻게 지나간지도 모르게 1학기가 끝나버렸다. 제대로 적응도 못 한 채 허둥지둥 대학 생활을 쫓아가다 보니 결국 남은 건 엉망으로 나온 성적뿐이었다. 다들 복학하면 열심히 공부하고 성적도 잘 나온다고 하는데 난 그렇지가 않은 모양이었다. 나는 앞으로 무엇을 어떻게 해야 하는 건지 도저히 알 수가 없었다. 대학 생활과 앞으로의 미래, 그리고 하영을 향한 마음까지 어느 것 하나 명확하게 정리된 것 없이 무더운 여름이 시작되었다.

　　방학이 되어 아무것도 안 하고 집에서 뒹굴뒹굴하고 있던 어느 날 하영이가 저녁에 시간 되면 술이나 한잔하자고 문자를 보내왔다. 얼마 전 상우와의 만남 이후 하영을 만나는 게 괜히 더 어색하게 느껴졌다. 마음을 숨긴 채 만나는 것도 부담스러웠고, 나도 모르게 갑자기 고백이 튀어나와 버릴까 봐 두렵기도 했다. 그래도 하영이 먼저 보자고 하니 거절하고 싶지는 않았다. 나 자신에게 이 등신아, 라고 욕을 하면서도 손가락으로는 시간 괜찮다는 답장을 보냈다. 나는 상우도 부를지 물어보았다. 하지만 하영은 오늘은 그냥 둘이서 만나자고 했다. 둘이서 가볍게 술 한

잔하고 싶다고 했다. 답문을 보고 나는 순간 가슴이 두근거렸다. 이게 무슨 상황인지 머릿속으로 온갖 상상을 해보았다.

하지만—그리고 당연하게도—내가 상상했던 그런 상황은 아니었다. 하영은 오늘 드디어 퇴사했다고 말했다. 얼마 전에 회사에 퇴사 의사를 전달했고 오늘까지 근무였다고 했다. 나는 갑작스럽게 들은 퇴사 소식에 위로를 해줘야 하는 건지, 아니면 축하를 해줘야 하는 건지 알 수가 없었다. 약간은 놀란 표정으로 멍하니 있는 나에게 하영은 활짝 웃으며 자신은 이제 자유라고, 해 보고 싶은 거 다 할 수 있다고, 그러니 나보고 축하해 달라고 말했다.

"그렇구나. 축하해. 그러고 보니 네가 예전에 회사 그만두고 뭔가 다른 일, 정말 하고 싶은 일을 찾아서 도전해 보고 싶다고 했었잖아. 이제 겨우 스물다섯 살이라고 하면서."

나는 웃으면서 소주잔을 들었고, 하영은 내 잔에 자신의 잔을 부딪쳤다. 우리는 소주를 한 번에 비워냈고, 다시 잔을 채웠다.

"응. 기억하는구나. 그래, 난 겨우 스물다섯 살이고, 사무실에 앉아서 광고주들 기분이나 맞춰가면서 마음에 들지도 않는 그림 그리는 건 더는 못하겠어. 이제부턴 내가 하고 싶은 일을 할 거야."

"이제는 네가 하고 싶은 일이 무엇인지 알아낸 거야?"

하영은 의미심장한 미소를 지었다.

"사실 난 예전부터 내가 진짜 하고 싶은 일이 무엇인지 알고 있었지만 그게 무엇인지 아무한테도 말하지 않았어. 시작도 하기 전에 말해버리면 그 일이 현실이 되지 못하고 물거품이 될 것만 같은 이상한 두려움이 있었거든. 그런데 이제는 말할 수 있을 것 같아. 내가 하고 싶었던 일을 진지하게 시작해보기로 했으니까."

나는 그 일이 무엇인지 궁금하다고 물었다.

"이건 특별히 너한테 처음으로 말하는 거야. 아직 아무에게도 말하지 않았어."

하영은 잠시 뜸을 들이다 갑자기 뜬금없이 물었다.

"너 내 이름이 무슨 뜻인지 알아?"

"갑자기 그건 왜? 하영? 글쎄. 무슨 뜻인데?"

"여름 하에 노래할 영, 여름을 노래한다는 의미야. 할아버지가 지어 주셨는데, 할아버지는 여름이 가장 생기 넘치고 건강한 시기라고 생각하셨나 봐. 그러한 여름을 노래하는 것처럼 나도 그렇게 생기 있고 건강하게 살길 바라셨던 거지. 12월에 태어난 아이에게 말이야. 재밌지? 어쨌든 내가 갑자기 이름 얘기를 왜 했냐면, 생각해 보니까 이 이름이 내가 하고 싶은 일과 어울린다는 생각이 들었거든."

나는 과연 하영이 하고 싶어 하는 일이 어떤 것일지 궁금해하며 대답을 기다렸다. 하영은 자세를 고쳐 앉고 두 손을 테이블 위에서 마주 잡으며 대답했다.

"난 작가가 될 거야. 그림도 그리고 글도 쓰는 일러스트 작가 말이야. 내가 느끼고, 생각하고, 상상하는 것들을 나의 글과 그림으로 표현해보고 싶어. 여름을 노래하는 것처럼 밝고 생기있게 말이야. 나의 글과 그림을 통해 그러한 에너지를 전해주고 싶어. 어때? 내 이름이랑 어울리는 것 같지 않아? 조금 억지 같니? 아니면 말고. 사실 이렇게 말은 하면서도 지금 구상하고 있는 작품은 그리 밝은 것 같지는 않아."

하영은 재미있다는 듯 크게 웃었다. 나를 보며 말하는 하영의 표정은 조금 흥분한 것처럼 보였고, 설레는 것처럼도 보였다. 그런 표정을 보고 있으니 나도 덩달아서 흥분이 되고 기대가 되었다. 자기의 꿈을 위해 도전하고 실천하는 하영이 부러웠고 존경스러웠다. 그리고 지금은 정말 연애에 관심을 가질 틈이 없겠다는 생각이 들어서 순간 씁쓸한 웃음이 나왔다. 하지만 이내 활짝 웃으며 말했다.

"빨리 너의 작품을 보고 싶다. 정하영 작가가 어떤 것을 노래할지 궁금해. 너라면 분명 멋진 작품을 쓸 수 있을 것 같아."

"고마워. 지금 구상 중인 작품이 어느 정도 완성되면 너에게 가장 먼저 보여줄게. 너라면 분명 좋은 조언을 해줄 것 같아."

하영의 대답이 나는 기뻤다. 비록 내가 남자 친구가 되지 못할 수도 있지만 좋은 친구로서 작품을 함께 공유하고 얘기할 수 있는 사이가 될 수 있다면 그것만으로도 나는 좋다고 생각했다. 나는 하영을 정말 좋아했고, 그래서 남자친구가 되고 싶었다. 하지만 무엇보다 계속 함께이고 싶었다. 그럴 수만 있다면 내 마음을 몰라준다고 해도 상관없을 것 같았다.

한동안 하영과 연락도 하지 못했고, 만나지도 못했다. 창작에 한창일 것 같아 먼저 연락을 하는 게 망설여졌다. 나는 당분간 하영을 보고 싶은 마음을 억누르고 앞으로의 나의 모습을 고민 해보기로 했다. 그래서 괜히 학교 도서관에 가서 눈에 들어오지도 않는 전공 서적을 뒤적여 보기도 하고, 영어 학원을 기웃거리기도 했다. 어쨌든 나도 뭔가 목표를 세우고 나아가야만 했다.

상우와는 여전히 자주 만나 함께 맥주를 마시며 끝나지 않을 것 같은 긴 여름을 버텨나갔다. 상우는 혹시라도 내가 하영에게 고백한 건 아닌지 수시로 체크했고, 내가 요새는 연락도 안 하고 안 본 지 오래됐다고 하자 왠지 모를 안도의 표정을 짓곤 했다. 나는 상우에게 하영이 회사를 그만두고 작가를 준비하고 있다는 사실을 말하지 않았다. 하영의 꿈을 내 입으로 다른 사람에게 말하고 싶지는 않았다.

여름방학이 어느새 끝나버리고 개강을 한 9월의 첫째 주에 드디어 하영에게서 연락이 왔다. 오랜만에 맥주나 한잔하자고. 그리고 상우도 시간 되면 같이 보자고 했다. 하영의 문자가 너무나 반가웠다. 나는 당연히 괜찮다고 했다. 아마 다른 약속이 있었다고 해도 취소했을 것이다. 상우에게도 연락해서 같이 보기로 했다. 나는 오랜만에 하영을 본다는 사실에 아이처럼 마음이 설렜다.

우리는 오랜만에 자주 가던 술집에서 셋이 모여 즐겁게 웃고 떠들었다. 여전히 상우가 재밌는 얘기와 특유의 넉살로 분위기를 주도했다. 하영은 회사를 그만둔 얘기를 하지 않았다. 그녀가 알아서 할 일이라 생각하며 나도 그 얘기는 꺼내지 않았다.

시간이 지나 가게에서 나온 우리는 우리 집 옥상으로 이동했다. 나와 상우는 예전부터 모임의 마무리를 여기서 하곤 했다. 그리고 셋이 만나기 시작한 뒤로는 하영도 함께 했다. 우리 모두 옥상에 있는 평상에 앉아 동네 야경을 바라보며 캔맥주를 마시는 것을 좋아했다.

옥상에 자리를 잡고 준비를 마쳤을 때 하영이 갑자기 보여줄 게 있다며 가방에서 클립으로 묶은 인쇄물을 꺼내 나눠 주었다. 그러면서 아무 질문도 하지 말고 우선 쓰여 있는 글을 읽어달라고 했다. 나는 드디어 작품 구상이 끝났구나 생각하며 반가워하면서도 아무것도 모르는 상우가 함께 있을 때 이렇게 작품을 보여주는 것을 조금 의아하게 생각했다.

하영에게 받은 인쇄물의 첫 장에는 「벙어리 덩굴나무와 말이 없는 소년」이라는 제목만이 쓰여 있었다. 나는 첫 장을 넘기고 두근거리는 마음으로 첫 줄부터 천천히 읽어나가기 시작했다.

2장
벙어리 덩굴나무와 말이 없는 소년

***

벙어리 덩굴나무는 보통 사람들의 눈에 잘 띄지 않는 어둡고

163

버려진 장소에서 은밀하게 자란다. 길가의 화단이나 공터의 흙바닥은 물론이고, 보도블록의 이음새나 건물의 갈라진 틈에 약간의 흙만 있어도 쉽게 뿌리를 내리곤 한다. 그러고는 주변의 벽이나 잡목, 혹은 버려지고 잊힌 채 이제는 아무도 신경 쓰지 않는 물건들 위로 얇고 구불거리는 짙은 녹색의 줄기를 뻗기 시작한다.

벙어리 덩굴나무는 추운 겨울 동안 흙 속에서 뿌리로 지내고 있다가 날씨가 따뜻해지기 시작하는 3월 중순부터 연녹색의 구불거리는 줄기를 지상 위로 뻗어내기 시작한다. 그리고 4월이면 무성하게 자란 줄기에서 쌀알만 한 크기의 하얀색 꽃이 잔뜩 핀다. 그 작은 꽃 속에는 눈에 보이지도 않을 정도의 미세한 꽃가루가 가득 들어있는데 살랑거리는 봄바람이 불면 그 꽃가루는 바람을 타고 사방으로 퍼지게 된다.

특별할 것 없이 평범하게만 보이는, 그래서 누구도 신경 쓰지 않는 벙어리 덩굴나무이지만 이 나무의 꽃가루는 사람들에게 매우 치명적이다. 왜냐하면, 그 꽃가루가 사람의 혀를 완전히 마비시켜 영원히 말을 할 수 없게 만들어 버리기 때문이다. 봄바람에 날려 떠다니던 꽃가루가 입속으로 들어가 혀에 묻게 되면 곰팡이와 비슷한 하얀 균사가 생성된다. 그리고 이 균사에서 만들어 내는 독성 성분이 혀를 서서히 마비시킨다. 완전히 마비된 혀는 다시는 움직일 수가 없게 되고, 결국 말을 할 수 없는 벙어리가 되고 만다.

하지만 꽃가루가 혀에 묻은 뒤 균사가 자라 혀를 마비시키기까지는 꽤 오랜 시간이 필요하다. 그래서 꽃가루가 입속에 들어와 혀에 묻는다고 해도 오랜 시간 동안 말을 하지 않거나, 음식이나 물을 오랫동안 섭취하지 않거나, 아니면 양치를 안 하거나 하지 않는 이상 벙어리 덩굴나무의 꽃가루에 의해 사람의 혀가 완전히 마비되는 일은 거의 없다고 할 수 있다. 그러므로 어떻게 보면 정말 무섭고 두려운 식물인 벙어리 덩굴나무를 사람들은 크게 신경 쓰지 않고 살아간다.

-『세상의 희귀 식물 사전』中「벙어리 덩굴나무」편에서-

***

소년은 말을 거의 하지 않았다. 그가 처음부터 말이 없었던 것은 아니었다. 태어나서 말을 배우기 시작할 즈음 그는 여느 아이들과 다를 바 없이 들리는 모든 말을 따라 하고, 쉴 새 없이 단어를 내뱉으며 자신의 언어를 부지런히 늘려갔다. 그때는 오히려 말이 너무 많아 주변 사람들이 그를 귀찮아할 정도였다. 하지만 몇 해가 지나 어느 순간부터—아마 그의 열 번째 생일이 지나고 나서부터—그는 자신이 배워야 할 말을 이제는 모두 배워 더는 소리를 내며 언어를 습득할 필요가 없어졌다는 듯이 말수가 급격히 줄어들었다. 그러고는 가끔 어쩔 수 없이 필요한 순간에만 마치 최대한 에너지를 적게 소모하려는 것처럼 작은 목소리로 짧게 말을 하였다. 그나마 그렇게 말을 하는 순간조차 굉장히 드물었다. 대부분 그는 자신의 의사를 몸짓이나 표정 등을 통해서만 표현하였다. 그래서 그를 제대로 이해하기 위해서는 유심히 바라봐야만 했다.

그의 부모는 소년에게 무슨 문제가 있는 건 아닌지 걱정이 되어 그를 이런저런 병원에 데리고 다니며 진찰을 받아보기도 했다. 하지만 병원에서도 특별한 신체적 또는 정신적인 문제점을 발견할 수 없었다. 건강 상태, 지적능력 등 모든 면에서 소년은 또래의 평범한 아이들과 다를 게 없었다. 사실 소년은 말을 하지 않아도 본인의 의사를 표현하거나 지식을 익히는 데 전혀 불편함을 느끼지 않았다. 그래서 주변 사람들의 걱정이 부담스럽게만 느껴질 뿐이었다. 결국, 소년의 부모도 그가 스스로 불편을 느끼거나 누군가에게 피해를 주는 게 아니라면 크게 신경 쓰지 않기로 했다. 그들은 소년의 생각과 행동을 이해하고 존중해주기로 했다.

소년은 그렇게 말없이도 문제없이 학교에 잘 다녔다. 별다른 어려움은 없었다. 다만 가까운 친구가 없다는 점을 제외하곤 말이다. 종종 말이 없는 소년에게 흥미를 느끼고 먼저 다가오는 아이들도 있었다. 하지만 그러한 흥미가 오래가지는 않았다. 아이들은 곧 말이 없는 소년과의 관계에서 어색함과 때로는 두려움까지 느꼈고, 결국 소년에게서 떠나갔다. 어떤 아이들은 소년을 떠나면서 소년에게 크게 화를 내기도 했다. 소년은 그들이 왜 자신에게 화를 내는지 이해할 수 없었다. 소년은 친구가 없다는 사실에 가끔 쓸쓸함을 느끼기도 했지만 어쩔 수 없다는 것을 스스로 알고 있었기에 크게 신경 쓰지 않으려 했다. 그렇게 그는 세상에서 가장 외로운 소년이 되어갔다.

햇볕이 따뜻하게 내리쬐는 4월의 어느 날 오후, 학교를 마치고 집으로 가던 소년은 뒤에서 누군가 자신의 이름을 부르는 소리를 들었다. 뒤를 돌아보니 한 소녀가 뛰어오는 게 보였다. 소년은 그 아이가 누군지 알았다. 자신과 같은 반이고 맨 앞줄에 앉아 있는, 다른 아이들에 비해 키가 작은 아이였다. 소녀는 이번 새 학기가 시작되면서 전학을 왔고, 그래서 다른 아이들만큼 소년을 잘 알고 있지는 못했다.

"안녕, 나 너랑 같은 반인데, 알고 있지? 며칠 전부터 봤는데 너 나랑 집으로 가는 방향이 같더라."

소녀는 뛰어오느라 가쁜 숨을 고르며 천천히 또박또박 말했다. 소년은 고개만 끄덕일 뿐 아무 말도 하지 않았다.

"다른 애들한테 네 얘기는 들었어. 네가 학교에서, 아니 어쩌면 세상에서 가장 말이 없는 아이라던데?"

소녀는 뭐가 재미있는지 키득키득 웃었다. 둘은 나란히 걷기 시작했고 소년은 계속 말없이 앞만 바라보았다. 하지만 소녀는 전혀 아랑곳하지 않고 계속해서 말을 했다.

"난 너하고 완전 반대야. 난 정말 말이 많거든. 난 이것저것 머릿속에 떠오르는 생각들이나 하고 싶은 말들을 쉴 새 없이 바로바로 얘기해버려. 그래야 답답하지 않고 기분도 좋거든. 그런데 엄마는 나보고 제발 잠시만이라도 입을 다물고 있어 보래. 내가 또래보다 키가 작은 것도 다 말을 너무 많이 해서라고. 모든 영양소가 키로 가지 못하고 말하는 데 쓰여 버린다나."

소녀는 또다시 키득키득 웃었다.

소년과 소녀가 사는 아파트 단지는 길을 사이에 두고 서로 마주했다. 어느새 둘은 각자의 아파트 단지로 가기 위해 헤어져야 하는 곳에 도착했다. 여기까지 걸어오는 10분이 채 안 되는 시간 동안 소녀는 계속해서 말을 했고, 소년은 소녀의 말을 가만히 듣고만 있었다. 헤어지기 전에 소녀는 소년에게 물었다.

"어땠어? 내가 너무 시끄러웠니?"

소녀는 잠시 소년의 얼굴을 살폈다. 소년은 아무 말이 없었다.

여름이 지나가고

"그런데 만약 너만 괜찮다면 우리 앞으로 집에 올 때 같이 와도 될까? 혼자 오는 것보단 둘이 같이 오는 게 심심하지도 않고, 또 네가 내 얘기를 잘 들어주는 거 같아서 좋았거든. 물론 네가 싫다면 혼자 집에 오고."

소년은 잠시 생각했다. 함께 걸어오는 것이 어색하긴 했지만, 얘기를 듣는 것이 싫지는 않았다. 소녀는 분명 수다스러웠지만 얘기는 재미있었고, 목소리는 듣기에 좋은 적당한 크기에 밝은 기운이 가득했다.

"아니, 괜찮아. 같이 오자."

소년은 작은 목소리로 대답했다.

"와, 대답해주다니 영광이야."

소녀는 또 웃었다. 키득키득.

"그럼 내일 봐, 안녕."

소녀는 오른손을 흔들며 집으로 달려갔다. 달려가는 소녀의 뒷모습을 향해 소년도 작게 손을 흔들었다.

그날 이후로 소년과 소녀는 특별한 일이 없는 이상 함께 집까지 걸어왔다. 걸어오는 동안 소녀는 끊임없이 이런 저런 이야기를 소년에게 해줬다. 전날 밤에 본 TV 방송 이야기부터 학교에서 친구들과 나눴던 시시콜콜한 이야기들, 그리고 매일 아옹다옹하는 여동생 이야기까지. 소년은 여전히 말없이 듣기만 했지만, 가끔 고개를 끄덕이기도 하고, 미소를 지어 보이기도 하면서 조금씩 작은 몸짓과 표정으로 그녀의 이야기에 반응을 보이기 시작했다.

"네 이야기도 들을 수 있으면 더 좋을 텐데. 하지만 말하는 걸 별로 좋아하지 않는 것 같으니 어쩔 수 없지 뭐. 괜찮아. 내가 그만큼 더 얘기하면 되니까."

소녀는 특유의 키득거리는 장난스러운 웃음을 지으며 얘기했다. 소년은 그런 소녀를 바라보았다. 그녀의 왼쪽 볼에 있는 움푹 들어간 작은 보조개에 짧은 순간 햇빛이 머금어졌다. 소녀는 손을 흔들며 자신의 집 방향으로 뛰어갔다.

"내일 보자, 안녕."

소년은 소녀와 헤어진 뒤 아파트 단지의 놀이터로 가구석진 곳에 있는 벤치에 앉았다. 벤치 주변으로 작은 관목들이 일정한 간격으로 심어졌고, 그 아래로 잡초들이 무성했다. 소년은 벤치에 앉아 소녀에 대해 생각했고 소녀와 대화를 하고 싶다는 생각이 들었다. 소년이 누구와 대화를 해보고 싶다는 감정을 느낀 것은 말수가 줄어들기 시작한 이후 처음이었다. 소년은 소녀의 얘기에 소리 내어 맞장구쳐주고 싶었고, 재미는 없겠지만 자신의 목소리로 본인의 얘기를 들려주고 싶었다.

내일부터는 나도 얘기를 해야지. 그 애도 분명 좋아하

겠지? 어떤 얘기부터 해줄까.

소년은 자신의 얘기를 상상하면서 작은 입을 위아래, 양옆으로 벌리며 아아, 하고 소리도 내보았다. 소년은 부끄러움에 수줍게 웃었지만, 가슴은 설렘으로 두근거렸고 어서 빨리 내일이 오기만을 바랐다.

하늘에서 내리쬐는 4월의 부드럽고 따스한 햇볕은 소년을 포근하게 감싸 안았고 소년은 온몸에 기분 좋은 나른함을 느꼈다. 그리고 가방을 끌어안은 채 살며시 눈을 감았다.

놀이터 벤치 뒤편의 그늘진 곳에 자라고 있던 벙어리 덩굴나무에서는 이제 막 꽃이 피었고, 그 속에 있던 꽃가루가 부드러운 봄바람에 실려 공기 중으로 퍼지기 시작했다. 그리고 그 꽃가루의 일부가 벤치에 앉아 있던 소년의 입속으로 들어가 혓바닥 위에 내려앉았고, 그 자리에서 바로 하얀 솜털과도 같은 균사가 빠르게 자라기 시작했다. 보통 사람이라면 시간이 한참 걸렸을 균사의 성장이 소년의 혀에서는 비정상적으로 빠르게 진행되었다. 그동안 말을 너무 하지 않은 소년의 혀가 보통 사람들의 혀와는 다른 상태로, 어쩌면 벙어리 덩굴나무의 꽃가루가 반응을 일으키기에 최적의 상태로 변해버린 건지도 몰랐다.

소년은 소녀와 대화를 나누는 기분 좋은 상상을 하며 얕은 잠이 들었다. 살랑거리는 봄바람이 소년의 머리칼을 부드럽게 어루만졌다. 그리고 이미 소년의 혓바닥 전체에 퍼진 균사는 치명적인 독을 내뿜으며 소년의 혀를 조금씩 마비시켰다.

"어때?"

하영은 조금 긴장된 표정으로 글을 다 읽은 우리에게 물었다.

"이게 지금 쓰고 있는 글인 거야?"

상우가 종이를 앞뒤로 넘기며 물었다.

"응. 아직은 초고야. 내용도 더 다듬어야 하고, 글이 완성되면 일러스트도 그려 넣어야 해. 그전에 다른 사람의 의견을 들어보고 싶어서 너희에게 특별히 제일 먼저 보여주는 거야."

나와 상우는 잠시 아무 말이 없었다. 나는 어떤 말을 해줘야 할지 잘 떠오르지 않았다. 솔직히 그 순간 나는 글의 내용보다는 하영이 글을 쓴다는 사실을 상우도 이미 알고 있다는 것에 머릿속이 복잡했다. 나는 하영이 그 사실을 나에게만 말해준 거라고, 나를 특별하게 생각하기 때문에 나에게만 알려준 거라고 믿었다. 그래서 나는 상우와 둘이 만났을 때도 그 얘기를 꺼내지 않았다. 그건 하영과 나 둘만이 공유하고 있는 특별한 비밀이라고 여겼기 때문이었다. 하지만 그런 내 생각과 행동이 모두 멍청한 오해였다는 걸 지금 깨달은 것이었다. 생각해보니 지난번 하영은 글을 쓴다는 사실을 내게 처음으로 말하는 거라고 했지 나한테만 말해준다고 한 것도 아니었다. 나 자신이 부끄러웠고 초라하게 느껴졌다. 그리고 그 사실을 알고 있었으면서도 그동안 내게 얘기하지 않았던 상우에게 화가 났다.

"음, 우선은 조금 놀랐어. 네가 처음 글을 쓴다고 했을 때 솔직히 별 기대 없었거든. 그런데 와, 너무 괜찮은데?"

침묵을 깨고 상우가 먼저 조심스레 말을 꺼냈다.

"전체적으로 글의 분위기가 신비하기도 하고 쓸쓸하면서도 또 따스하기도 하고. 그런데 글의 결말이 너무 비극적이어서 개인적으로는 아쉽긴 하다. 소녀를 만나서 이제야 말을 해보려 하는데 벙어리가 되다니. 소년이 불쌍해."

"결말은 나도 그런 생각을 안 한 건 아닌데 해피엔딩으로 끝내기엔 뭔가 어색할 것 같기도 했고, 그리고 처음부터 어느 정도는 비극적인 이야기를 써보자고 생각하기도 했거든. 슬픈 동화 같은 이야기로. 어쨌든 결말 부분은 조금 더 고민해볼 생각이야."

하영은 고개를 끄덕이며 상우의 의견에 대답했다. 그러고는 나를 보더니 웃으며 말했다.

"너 표정이 너무 심각한 거 아냐? 내 글이 그렇게 별로야?"

나도 모르게 둘 사이를 생각하며 혼란스러워진 감정이 표정에 드러난 모양이었다. 나는 얼른 어색한 웃음을 지으며 표정을 풀고 하영의 글에 집중했다.

분명 흥미로웠다. 결말에선 여운이 느껴져 좋았다. 그리고 이유는 알 수 없지만, 글의 주인공인 말을 하지 않는 소년에게 강하게 감정이입이 되어서 더 마음에 들었다. 소녀를 좋아하게 되었지만 이제 벙어리가 되어서 말을 할 수 없게 된 소년이 마치 나처럼 느껴졌다. 하지만 이런 생각을 하영에게 말할 수는 없었다. 나는 쓸데없는 생각들은 떨쳐 버리고 천천히, 그리고 내 감정이 드러나지 않게 주의하며 감상을 말했다.

"나도 결말에 관해서 얘기하자면, 글의 결말이 지금도 충분히 인상적이고 여운도 남아서 좋긴 하지만, 이야기를 이렇게 끝내기에는 소년과 소녀의 관계가 너무 안타깝다는 생각이 들었어. 개인적으로는 어떻게든 둘이 계속 이어졌으면 좋겠어."

이건 나의 진심이었다. 둘은 계속해서 이어져야만 한

다고 생각했다. 벙어리가 된 소년을 혼자 쓸쓸하게 두어서는 안 될 것만 같았다.

"이 이후의 이야기가 더 있으면 어떨까. 예를 들어 소년은 결국 벙어리가 되었지만, 소녀가 그의 곁에서 계속 함께 있어 주는 거지. 나는 소녀가 소년이 말을 하지 않는다는 걸 크게 신경 쓰지 않는다고 느꼈거든. 처음부터 소녀는 말 없는 소년 그 자체를 받아들이고 좋아했던 게 아니었을까 싶어. 소녀에게는 마치 어떤 운명 같은 거였는지도 모르지. 그래서 둘은 목소리를 통한 대화를 더는 할 수 없겠지만 그게 큰 문제가 되지는 않을 것 같다는 생각이 들었어. 어쩌면 소녀는 수화를 배워서 소년과 대화를 할 수 있을지도 모르고. 소녀는 소년을 위해 당연히 그렇게 해줄 수 있을 것 같아. 비극에 빠진 소년에게 소녀가 구원과 같은 존재가 되어주면 어떨까 싶어."

가만히 내 얘기를 듣고 있는 하영의 눈이 반짝이는 것처럼 보였다. 나는 종종 흥미롭거나 자신이 좋아하는 것에 반응할 때 하영의 큰 눈이 반짝인다고 생각했다. 그리고 난 그런 두 눈을 바라보는 걸 좋아했다.

"와, 나쁘지 않은데? 소년을 구원해 주는 소녀. 나는 소년의 이야기에만 집중하고 있어서 사실 소녀의 역할은 깊이 생각하지 못했거든. 네 말대로 소녀가 먼저 다가와서 소년의 마음을 움직였으니 절망에 빠진 소년의 곁에 있어 주면서 희망을 주는 존재도 소녀이면 좋을 것 같아. 소통의 방법을 수화로 하는 것도 좋은 아이디어 같고."

하영은 나를 보며 미소 지었다.

"네 얘기를 듣고 나니 따뜻한 느낌의 결말로 가는 것도 괜찮을 것 같아. 고마워."

나는 하영이 진심으로 고마워하는 것 같아 기분이 좋았고, 그래서 나도 모르게 수줍게 웃으며 얼굴을 붉혔다. 옆에 있던 상우가 이런 나를 보며 말했다.

"역시 넌 문과 체질이야. 고등학교 때부터 그랬다니까. 공돌이하고는 전혀 어울리지 않아."

평소에는 아무렇지 않았을 실없는 농담이 지금은 조금 거슬렸지만, 내색은 하지 않았다. 이러한 나의 마음을 알리 없는 상우는 그저 생글생글 웃으며 맥주를 마실 뿐이었다. 그러다 갑자기 생각났다는 듯 하영에게 물었다.

"아, 그런데 도대체 이런 이야기는 어떻게 쓰게 된 거야? 벙어리 덩굴나무라니. 설마 진짜 있는 건 아닐 거고. 상상력 좋다, 너."

하영은 살짝 미소를 지으며 손으로 머리카락을 쓸어 넘겼다. 그러자 검은 머리카락 아래 숨겨져 있던 작고 하얀 귀가 드러났다. 동글동글한 주름들이 오밀조밀 모여 있는 귀는 손으로 정성스럽게 빚은 예술작품처럼 아름다웠고 어둠 속에서 달빛을 받아 유독 하얗게 빛이 났다. 맥주캔을 만지작거리며 잠시 생각에 잠겨있던 하영은 천천히 말을 시작했다.

"언젠가 그런 생각을 했어. 사람 사이의 관계에서 각자의 생각을 말을 통해 표현하고 전달하는 것이 무엇보다 중요하다는 생각. 말을 하지 않아도 표정과 몸짓만으로 충분하다고 하는 사람도 있겠지만, 난 실제로 말을 하지 않으면 그 어떠한 의미도 제대로 전달되기 어렵다고 생각하거든. 무엇을 생각하고 있는지, 좋아하는 건 무엇이고 싫어하는 건 무엇인지, 하고 싶은 것과 하기 싫은 것은 무엇인지. 이 모든 것을 본인의 단어를 사용해서 본인만의 목소리로 자신 있게 말을 할 필요가 있다고 생각해. 그러지 않으면 그 어떤 의미도 전달될 수 없고, 정작 말을 하고자 결심했을 때에는 본인의 목소리를 제대로 내지 못할 수도 있으니까. 이런 생각들을 은유적으로 얘기해보고 싶었어."

하영은 단어를 조심스럽게 골라가며 조곤조곤 자기 생각을 말했다.

나는 하영의 귀를 물끄러미 바라보며 하영의 말을 곰곰이 생각해 보았다. 말을 하지 않으면 그 어떠한 의미도 전달되지 않는다는 말이 마치 깊은 골짜기를 향해 외친 메아리처럼 내 마음속에서 계속 맴돌았다. 그리고 골짜기의 이곳저곳에 부딪힌 메아리는 이렇게 바뀌어 다시 내게 돌아왔다.

말하지 않으면 누구도 네 마음을 알아주지 않아.

그 순간 내 마음속 깊숙한 어딘가에서 낮은 북소리가 울리기 시작했다. 그 북소리에 맞춰 내 심장 박동도 조금씩 빨라졌다. 당황한 나는 헛기침을 하고 시선을 먼 하늘로 옮긴 채 맥주를 한 모금 마셨다. 하영은 잠시 나를 바라보더니 계속해서 말을 이었다.

"그런데 아까 네 얘기를 듣고 나니까 꼭 말을 통해 생각을 전달해야만 하는 게 아닐 수도 있겠다는 생각도 들었어. 말이라는 수단보다는 전달하려는 의미, 그리고 그 의미를 받아들이는 상대방의 자세가 본질적으로 더 중요한 걸 수도 있겠다는 생각이 들었거든. 뭐가 맞는 건진 모르겠어. 조금 더 생각해봐야 할 것 같아."

"멋지다, 정하영 작가님. 어서 빨리 유명해져라. 나도 유명 작가 친구 좀 해보자."

맥주 캔을 들며 상우가 말했다. 하영은 상우를 바라보고 생긋 웃었다.

"유명해지거나 아니면 평생 무명작가로 살거나. 둘 중 하나겠지? 너 내가 무명작가여도 나랑 계속 친구 해줘야

해."

　우리는 다 같이 건배를 하고 맥주를 마셨다. 나는 하영과 상우의 짧은 대화를 들은 순간 둘의 사이가 내가 알고 있는 것보다 더 가까울지도 모른다는 생각이 들었다. 이미 상우는 하영이 일을 그만두고 글을 쓰기 시작했다는 것을 알고 있었다. 내가 없이도 둘은 서로 친밀하게 지내고 있는 것 같았다. 이러한 생각은 내 속에 충분히 가능성이 있는 어떤 의심을 불러일으켰다. 어쩌면 둘은 단순한 친구 사이가 아닐지도 모른다는 의심. 그 의심은 어떠한 이성적 판단 과정도 없이 곧 확신으로 바뀌었고, 나는 갑자기 두려움을 느꼈다. 그건 바로 어쩌면 소중한 것을 잃어버릴지도 모른다는 두려움, 그리고 나 혼자만 버려질지도 모른다는 두려움이었다. 이 두려움들은 순식간에 나의 사고를 완전히 잠식해버렸고, 자신도 전혀 예상치 못했던 결심을 하게 만들었다.

　나는 오늘 밤 내 마음을 고백할 것이다. 두려움에 말 못 하는 벙어리가 되기보다는 분명한 나의 목소리로 나의 마음을 말해줄 것이다.

　늦여름 밤의 선선한 바람이 불어와 우리 셋 사이를 지나갔다. 나는 손에 쥐고 있던 빈 맥주 캔을 천천히 찌그러뜨리며 어느새 더 커져 버린 내 안의 북소리에 가만히 귀를 기울이고 있었다.

"야, 무슨 생각을 그렇게 하고 있냐?"

상우가 무언가 의심스러운, 그리고 걱정스러운 눈빛으로 나를 쳐다보며 말했다. 나는 상우의 시선을 피하며 아무것도 아니라고 말했다.

"이 자식 이상한데. 나 담배 사러 갈 건데 너도 같이 가자. 하영아, 맥주 더 마실래? 더 사 올까?"

상우가 자리에서 일어나 엉덩이를 털며 하영에게 물었다. 하영은 나에게 더 마실 건지 물어보았고 나는 말 없이 고개를 끄덕였다.

"알겠어, 갔다 올게. 야, 빨리 일어나. 같이 가자니까."

상우가 나를 보며 재촉했다.

"아니, 난 여기 있을게. 너 혼자 다녀와."

나는 상우를 쳐다보지도 않고 말했다. 내 목소리는 평소보다 낮았고, 미세하게 떨렸다. 상우는 살짝 놀란 표정으로 잠깐 나를 보더니 짧게 한숨을 내쉬고는 고개를 저으며 결국 혼자서 계단이 있는 곳으로 걸어갔다. 계단실 앞에 도착해 뒤돌아서서 나를 바라보는 상우의 눈빛은 어딘가 모르게 초조하고 불안한 듯 보였다. 상우는 다시 몸을 돌려 오른팔을 머리 위로 들어 흔들었다. 계단실의 센서 등이 켜졌고, 상우의 모습이 사라지자 잠시 뒤 센서 등은 꺼졌다.

하영은 두 팔로 무릎을 안은 자세로 앉아 말없이 먼 하늘을 바라보았다. 나는 하영과 나란히 앉아 내 발 주위를 기어 다니는 작은 벌레 한 마리를 보았다. 천천히 움직이던 벌레는 내 오른발 앞에서 멈춰 서더니 잠시 가만히 있다가 갑자기 하늘로 빠르게 날아올랐다. 날아오른 벌레를 따라 나의 시선도 하늘로 향했다. 밤하늘의 옅은 구름 사이로 밝고 부드럽게 빛나는, 거의 보름달에 가깝게 차오른 달이 보였다. 나는 시선을 내려 하영의 옆모습을 바라보았다. 귀는 여전히 하얗게 빛났고, 하영은 계속해서 말없이 하늘만 응시했다. 나는 지금이 그녀에게 고백할 순간이라고 생각했다.

"하영아."

나는 조심스럽게 하영을 불렀다. 나를 향해 고개를 돌린 하영에게 나는 떨리는 목소리로 내 마음을 천천히 고백하기 시작했다.

모두가 떠나가고 난 뒤 나는 홀로 평상 위에 앉아 밤의 정적이 차분하게 내려앉은 동네의 풍경을 바라보았다. 어딘가에서 갑자기 누군가 크게 웃고 떠드는 소리가 들려왔고, 또 다른 어딘가에서 오토바이 소리와 개 짖는 소리가 작게 들려왔다. 가로등의 노란 불빛이 건물들 사이사이 좁은 골목길을 무심하게 비추었고, 검은 고양이 한 마리가 그 불빛 아래를 천천히 지나갔다.

나를 둘러싸고 있는 주변의 풍경은 모든 게 그대로였지만 나와 하영, 그리고 상우의 관계는 이제부터 예전과 같을 수 없다는 걸 나는 느꼈다. 내가 하영에게 수줍게 마음을 고백한 순간, 하영이 미안해하며 그 고백을 거부한 순간, 그리고 이 사실을 알게 된 상우가 조금 전에 문자메시지를 보내 미리 말해주지 못해서 미안하지만 사실 하영이가 자신을 좋아한다고 고백했었다는 것을 내게 알려준 순간, 그 순간마다 조금씩 어긋나던 우리의 관계는 이제는 완전히 틀어져 버려 예전으로 되돌리는 건 불가능할 것만 같았다.

피우지도 못하는 담배를 피워보고 싶었다. 하지만 지금 내게 담배는 없었다. 상우를 다시 부를까도 잠깐 생각했지만 지금 상태에서는 제대로 된 대화를 할 수 없을 것 같았다. 나는 평상에 드러누워 눈을 감고 도대체 무엇부터 잘못된 것이었는지 생각해 보았다. 내가 하영을 좋아한 것부터 잘못이었을까? 아니면 상우에게 하영을 소개해 준 것? 아니다. 그 어떤 것보다 질투와 의심, 성급함과 두려움에 사로잡혔던 어리석은 나 자신이 가장 큰 잘못이었다. 스스로 화가 났고 너무나 비참한 기분이 들었다.

나는 벙어리가 된 채 계속해서 말이 없는 소년으로 남아 있어야만 했다. 하지만 돌이킬 수 있는 것은 없었다. 이제는 모든 것이 끝났다고 생각한 순간 우습게도 눈시울이 뜨거워지는 게 느껴졌다. 나는 오른팔로 두 눈을 가린 채 한동안 가만히 평상 위에 누워있었다. 관자놀이를 타고 내린 따뜻한 눈물이 귀 언저리에서 차갑게 식으며 말라갔다.

피부를 스치는 바람을 통해 계절의 온도가 희미하게 변한 것이 느껴졌다. 알 수 없는 두근거림과 함께 이십 대 한가운데에서 만났던 이 뜨거웠던 여름도 어느덧 다가온 차가운 계절의 뒤로 그렇게 초라한 눈물 자국만을 남긴 채 조용히 지나가고 있었다.

3장
집으로 가는 길

퇴근길의 버스에서는 오늘 밤부터 내일 새벽 사이에 많은 비가 예상된다는 라디오 뉴스가 흘러나왔다. 그리고 비가 그친 뒤 내일 아침부터는 하늘이 맑을 것이라고도 했다. 나는 멍하니 차창 밖으로 스쳐 지나가는 도시의 풍경을 바라보았다. 한없이 길 것만 같았던 여름의 낮은 어느새 훌쩍 짧아졌다. 저녁이 되자 도시가 머금고 있던 햇빛은 서서히 농도가 흐릿해져 갔고, 그럴수록 거리의 간판들은 점점 더 선명하게 빛을 발했다. 그리고 거리 위의 사람들은 다들 어딘가로 분주하게 움직였다. 직장 동료들이 금요일 밤인데 퇴근 후 같이 맥주나 한잔하자고 했지만 나는 선약이 있다 하고 그들의 제안을 거절했다. 하지만 그건 거짓말이었다. 나는 아무런 약속이 없었다.

집에 도착했을 땐 이미 완전히 어두운 밤이었다. 나는 샤워를 하고 편한 옷으로 갈아입은 뒤 냉장고에서 캔맥주를 하나 꺼내 식탁 의자에 앉았다. 가만히 앉아 있으니 집안의 고요함이 보이는 듯했다. 식탁 위 조도가 낮은 작은 스탠드만을 켜놓았기에 그 고요함은 따스한 노란빛을 띠었다. 음악이라도 틀까 하다가 딱히 떠오르는 음악도 없었기에 그만두었다. 그저 맥주를 조금씩 그리고 천천히 마시며 집안 가득한 노란빛 고요함을 바라보았다. 마치 세상과는 동떨어진 깊은 동굴 속에서 홀로 모닥불을 피워놓고 앉아 있는 것 같은 기분이었다. 그렇게 서서히 내면의 심연으로 가라앉아 가고 있으니 어김없이 그 질문이 다시 떠올랐다.

나는 정하영을 왜 만나려 하는가?

며칠 전 우연히 그 포스터를 보았을 땐 반가움과 신기함에 나도 모르게 하영을 만나야겠다고 생각했다. 하지만 곧 내가 갑작스럽게 나타나는 게 과연 맞는 것인지 의문이 들기 시작했다. 지금 다시 하영을 만나는 게 서로에게 어떤 의미가 있는지 알 수가 없었다. 그리고 무엇보다 하영을 만나서 무엇을 하고자 하는지도 스스로 알지 못했다. 마지막으로 본 지 10년도 더 지나 갑자기 나타나서는 반갑다고 인사를 하고, 작가가 된 것을 축하하고, 그리고 서로의 안부를 묻는다. 그 이후에는 어떻게 될 수 있을까? 다시 예전과 같은 친구 사이가 될 수 있을까? 그것이 내가 정말 원하는 것인가? 하영은 어쩌면 내가 갑자기 나타난 것에 당혹스러워할지도 모른다. 만약 그렇다면 그 어색한 순간을 어떻게 감당해야 할까? 하영을 만나자고 생각한 이후로 이러한 고민이 매일 계속되었다.

그날의 안타까웠던 고백의 순간 이후로도 나와 하영, 그리고 상우는 한동안 겉으로는 아무렇지 않은 것처럼 함께 했다. 하지만 서로의 분위기가 이전과 같을 수는 없었다. 하영은 상우에게 고백했고, 나는 그러한 하영에게 고백했다. 하영은 나를 받아주지 않았고, 상우도 하영을 받아주지 않았다. 나와 상우는 이 사실을 공유하고 있는 절

친한 친구 사이였고, 우리 셋은 여전히 동네 친구였다. 어딘가 우스꽝스럽기도 하고 슬프기도 한 이 이상한 관계는 이후 우리가 함께할 때면 서로의 말과 행동을 어쩔 수 없이 부자연스럽게 만들었다. 그 모습은 마치 배우들의 호흡이 잘 맞지 않아 어딘가 어색하고 불편해 보이는 아마추어 연극의 한 장면 같았다. 그렇게 시간이 흐르며 차츰 서로 간의 연락과 만남이 뜸해졌고, 상우가 갑자기 결혼하고 내가 이사를 하게 되면서 나와 하영은 더 연락도 하지 않고 만나지도 않게 되었다. 그렇게 서로 보지 못한 지 10년이 넘은 것이다.

나의 결정에 정답이 있을 것 같지는 않았다. 결국, 나는 그냥 내일의 기분과 선택에 맡겨보자고 생각하며 더 고민하지 않기로 했다. 어느새 맥주 한 캔을 다 마셔버린 것을 깨닫고 냉장고에서 한 캔을 더 가지고 왔다. 그리고 스마트폰으로 별로 궁금하지도 않은 포털 사이트의 주요 기사를 읽고, 유튜브의 영상을 보고, 인스타그램의 새로운 게시물들을 확인했다. 눈을 통해 들어오는 쓸데없는 정보들로 머릿속의 하영을 조금씩 밀어내었다. 한참을 그렇게 의미 없이 시간을 보낸 뒤 나는 양치를 하고 스탠드를 끈 뒤 침대에 누워 눈을 감았다.

꿈을 꾸었다.

비가 내렸고, 나는 맨발로 비를 맞으며 길을 걸었다. 나는 주변을 두리번거리며 애타게 신발을 찾았다. 그러던 중 앞에서 걸어가던 여자의 뒷모습을 보았다. 나는 여자의 얼굴을 볼 수 없었지만, 하영이라고 생각했다. 그리고 하영이 내 신발을 가지고 있다고 생각했다. 나는 이름을 부르며 하영의 뒤를 따라갔다. 하지만 하영은 뒤돌아보지 않은 채 계속 앞으로 걸어갔다. 나는 열심히 쫓아 갔지만, 거리에는 빗물이 가득 고여 나의 두 다리를 앞으로 내딛기가 점점 힘들어졌다. 나는 시야에서 멀어지는 하영의 뒷모습을 보며 이름을 크게 외쳤다. 그러고는 꿈에서 깼다.

새벽 세 시가 조금 안 된 시간이었다. 바깥에는 무섭게 비가 내리는 중이었다. 번개가 쳤고, 천둥이 울렸고, 지면을 세차게 두드리는 빗소리가 요란했다. 나는 잠에서 완전히 깨지 않은 상태에서 빗소리와 천둥소리를 들으며 지금의 상황이 꿈인지 현실인지 헷갈렸다. 그리고 사라진 내 신발을 생각하며 다시 잠이 들었다.

아침에 일어나 창문을 열어보니 어젯밤의 빗소리는 모두 거짓이었다는 듯 파란 하늘을 배경으로 르네 마그리트의 그림에서 본 듯한 커다랗고 하얀 뭉게구름들이 천천히 흘러갔다. 골목길 곳곳에 물웅덩이가 아침 햇살을 받아 반짝거렸다. 만약 물웅덩이가 없었다면 나는 정말 어젯밤의 상황이 꿈을 꾼 것이라고 착각했을지도 몰랐다. 상쾌한 아침 공기를 마시고 파란 하늘을 보고 있으니 저절로 기분이 좋아졌다. 나는 집안의 모든 창문을 열어 환기를 시키고 크게 기지개를 켰다. 오늘 아침의 날씨와 기분에 어울리는 음악이 뭐가 있을까 고민하며 선반에 꽂혀있는 바이닐 레코드를 이것저것 뒤적이다 베토벤의 피아노 협주곡 5번을 골라 턴테이블에 올리고 재생 스위치를 눌렀다. 스피커에서 흘러나오는 1악장의 당당하고 경쾌한 선율이 조금은 과장될 수도 있었지만, 그러한 과장 됨이 비가 그친 뒤 맑게 갠 파란 하늘과 더없이 잘 어울리는 것 같기도 했다.

　나는 식탁 의자에 앉아 창문을 통해 집 안으로 들어오는 시원하고 신선한 바람을 가만히 느껴보았다. 그리고 팔짱을 낀 채 등받이에 몸을 기대어 어젯밤 꿈을 다시 생각해보려 했다. 하지만 꿈의 내용이 잘 떠오르지 않았다. 눈을 뜬 순간 이미 꿈은 흐릿해져서 기억의 저 너머로 사라진 듯했다. 단지 하영에 관한 꿈이었다는 것만을 희미하게 떠올릴 수 있을 뿐이었다. 난 꿈을 떠올리던 도중에 느닷없이 오늘 하영을 만나야겠다고 결심했다. 특별한 이유는 없었다. 그저 그래야만 할 것 같다는 느낌이 들었을 뿐이었다. 그 이후의 일은 이것저것 예상하지 않기로 했다.

욕실에 들어가 거울에 비친 내 얼굴을 바라보았다. 10
년 전과는 많이 변해버린 얼굴이 욕실의 환한 불빛 아래
적나라하게 드러났다. 피부는 분명 탄력이 줄었고, 피부색
도 예전보다 더 까매진 것 같았다. 전체적으로 살이 조금
쪘으며, 헤어스타일도 10년 전과는 완전히 달랐다. 무엇
보다 그때의 나와 지금의 나는 전체적인 분위기가 변했다
는 느낌이 들었다. 무엇인지 알 수는 없지만 아마도 내면
의 어떤 것이 본질적으로 바뀌었고 그 때문에 겉으로 드러
나는 분위기가 바뀐 것 같다는 생각이 들었다. 하영이 과
연 나를 바로 알아볼 수 있을지 궁금했다. 만약 한 번에 알
아보지 못한다면 조금 난처하긴 하겠지만 그래도 별수 없
었다. 그저 내 소개를 하고 반갑게 인사를 할 수밖에.

바깥 날씨는 산책하기 딱 알맞았다. 햇볕이 여전히 따
갑긴 했지만, 공기 자체는 선선해서 그늘 속에 있으면 쾌
적함이 느껴졌다. 북 콘서트가 예정된 시간보다 훨씬 이른
시간에 서점이 위치한 종각역에 도착했다. 집에서 특별히
할 일도 없이 가만히 있으면 또다시 고민이 시작될 것 같
아서 일찍 밖으로 나왔다. 거리는 쾌청한 날씨를 즐기려는
사람들로 북적였다. 나는 인파 속에 섞여 종로 거리를 걷

기 시작했다. 북 콘서트까지는 시간이 많이 남아있었기에 충분히 여유를 즐기며 천천히 거리를 걸었다. 그리고 그렇게 걷다 보니 어느새 종로3가역 사거리까지 오게 되었다. 거기서 나는 무심코 서울극장 방향으로 발길을 돌렸다. 서울극장은 아직도 그 자리에 그대로 있었지만, 예전만큼의 활기는 없는 듯 보였다.

문득 예전에 하영과 서울극장에서 영화를 봤던 기억이 떠올랐다. 내가 보고 싶었던 영화였는데 하영에게 같이 보자고 해서 봤던 영화였다. 난 이미 그때부터 하영에게 마음이 있었기 때문에 같이 영화를 보는 게, 마치 연인과 데이트를 하는 것 마냥 설레 했던 기억이 났다. 하지만 아마 하영은 아무 생각이 없었을 것이다. 생각해보니 영화도 주로 남자들이 좋아할 만한 액션 영화였기에 어쩌면 그 시간이 정말 지루한 시간이었을지도 몰랐다. 그런데 난 그런 건 생각도 못 하고 바보같이 그저 혼자 좋아서 해죽댔을 것이다. 서울극장을 바라보며 예전 기억을 떠올리고 있자니 피식하고 웃음이 나왔다.

나는 다시 종각역 방향으로 천천히 걸어가 서점으로 들어갔다. 주말을 맞아 서점 안도 역시 사람이 많았다. 나는 서점 게시판의 포스터에서 행사가 열리는 장소를 한 번 더 확인했다. 포스터 하단에 있는 하영의 사진을 보니 괜히 가슴이 두근거리고 긴장이 되는 것 같았다. 오늘 하영을 만나는 게 과연 맞는 건지 또다시 걱정되었다. 하지만 여기까지 온 이상 그냥 돌아가는 건 아니라는 생각이 들어 마음을 다잡았다. 북 콘서트 시간까지는 아직 30분도 넘게 남았고, 나는 미리 그 장소에 가지는 않기로 했다. 괜히 그 주변에 있다가 시작 전에 서로 마주치게 된다면 나도 당황스럽고 하영도 당황스러워할지 몰랐다. 중요한 행사를 앞두고 내가 혹시라도 하영에게 안 좋은 영향을 미치면 안될 것 같다는 생각이 들었다.

나는 행사 장소에서 멀리 떨어진 곳으로 이동하여 이것저것 둘러보기 시작했다. 서점의 스피커에서는 조용하게 음악이 흘러나왔다. 가만히 들어보니 비틀스의 〈Two of Us〉였다. 비틀스의 마지막 정규앨범인《Let it be》앨범의 1번 트랙이었기 때문에 항상 그 앨범을 들을 때 가장 먼저 듣게 되는 곡이었다. 가사는 잘 몰랐지만, 후렴구의 We're going home은 확실하게 들렸다. 노래를 들으며 문구와 잡화를 파는 곳을 둘러보던 중 즉석카메라를 파는 매장이 눈에 띄었다. 그곳에는 작고 세련된 디자인의 즉석카메라들이 진열되어 있었다. 예전의 크고 투박한 디자인의 즉석카메라하고는 많이 달라졌다고 생각하는 순간 옛 기억이 하나 떠올랐다.

하영의 생일은 12월 20일이었다. 고백 이후 사이가 분명 어색하긴 했지만 나는 하영의 생일을 맞아 생일선물이자 크리스마스 선물을 주고 싶었다. 무엇을 기대하든 소용없다는 것을 알면서도 바보 같게도 그때는 그러고 싶었다. 나는 어떤 선물을 줄지 고민하다가 하영이 사진 찍는 걸 좋아한다는 것을 생각하고 즉석카메라를 주기로 했다. 당시 학생이었던 내게는 부담스러웠던 돈을 주고 산 즉석카메라를 생일을 축하하고 크리스마스 잘 보내라는 메시지를 적은 카드와 함께 생일 전날 밤에 선물로 주었다. 선물을 확인한 하영은 많이 부담스러워했다. 어느 정도 예상은 했지만, 예상보다 더 부담스러워하는 모습을 보니 나도 기분이 마냥 좋지만은 않았다. 나는 단순한 생일선물일 뿐이고 그전부터 생각했던 것이니 너무 부담스러워하지 말고 받아줬으면 좋겠다고 말했다. 그러고는 먼저 돌아서서 집으로 왔다. 누군가에게 선물을 주고 나서 기분이 슬픈 것은 아마 그때가 처음인 것 같았다.

크리스마스가 지나고 이제 한 해도 며칠 남지 않았던 어느 날 밤, 하영에게서 잠깐 만나자는 문자메시지가 왔다. 기대 반 걱정 반의 마음으로 하영을 만나러 나갔다. 그날 밤에는 눈이 많이 내렸고, 하영은 더플코트의 모자를 눌러쓴 채 집 근처 어린이공원 입구의 가로등 아래 서 있었다. 하영은 생일선물을 받고는 고맙다고 인사도 제대로 못 해 미안했다며 작은 케이크 상자와 카드를 내게 주었다. 나는 무슨 말을 해야할지 몰라서 그저 어색하게 웃으며 고맙다고 말했다. 우리는 서로 연말 잘 보내고 새해 복 많이 받으라는 인사를 한 뒤 눈 내리는 가로등 아래에서 헤어졌다. 나는 집으로 돌아와서 하영이 준 카드를 꺼내어 읽어보았다. 카드에는 나에게 고맙고 또 미안하다고, 하지만 나를 친구 이상으로는 생각하지 않고 있다고, 그래서 앞으로도 계속 친구 사이로 지냈으면 좋겠다는 메시지가 적혀있었다. 나는 그 카드를 반복해서 계속 읽었다. 나의 어리석은 속마음을 하영에게 들킨 것 같아 부끄러웠고, 하영이 다시 한번 거부한 것에 나도 모르게 화가 났다. 나는 창문을 열어 카드에 불을 붙이고는 하얀 눈이 조용히 내리고 있던 밤하늘로 재를 날려 보냈다.

그 당시 나는 분명 하영을 향한 마음을 완전히 정리하지 못하고 언젠가 다시 기회가 있을지도 모른다는 막연한 미련을 가졌다. 그런데 그날 하영에게 받은 카드를 태우면서 그 미련을 스스로 정리하려 했던 것 같았다. 지금 와서 생각해 보면 굳이 왜 그랬는지, 모든 게 우스워 보일 뿐이었다. 나는 진열되어 있는 즉석카메라를 보면서 씁쓸하게 웃었고, 혹시 내가 준 카메라를 하영이 아직도 가지고 있을지 궁금하다는 생각을 잠시 해 보았다.

어느새 시간이 4시가 다 되었다. 나는 천천히 행사 장소로 발걸음을 옮겼고, 그곳에는 예상보다 많은 사람들로 북적였다. 좌석은 이미 다 찼고 그 뒤로 많은 사람이 서 있었다. 나는 서 있는 사람들 뒤편으로 가장 구석에 자리를 잡았다. 시간이 되자 무대 저편에서 하영이 진행자와 함께 걸어 나오는 것이 보였다. 하영은 사진으로 봤던 것과는 다르게 예전 모습과 별다른 차이가 없어 보였다. 하얀 피부와 큰 눈, 마른 체형은 예전 모습 그대로였다. 하영은 모여 있는 사람들을 향해 인사를 하고 활짝 웃어 보였다. 웃을 때 왼쪽 볼에 생기는 작은 보조개도 여전했다.

진행자가 북 콘서트 시작을 알렸고 하영은 자신의 책을 소개하며 이런저런 얘기들을 청중들에게 말하기 시작했다. 조곤조곤 자기 생각을 전달하는 하영의 말투와 목소리도 그대로인 듯했다. 말을 하는 동안 반짝이고 있는 하영의 눈을 보니 자신이 좋아하고 흥미 있어 하는 것에 반응할 때 큰 눈이 반짝거리는 것도 변함이 없었다. 아마도 하영은 지금 자신이 진심으로 좋아하고 흥미 있어 하는 것을 얘기하고 있는 중일 거라 나는 생각했다.

하영의 모습을 보고 있자니 나는 갑자기 알 수 없는 서글픈 감정이 들었다. 10년 전보다 나만 나이가 들고, 나만 변한 것 같다는 생각이 들었다. 어쩌면 우리는 그때 그 시절 이후로 서로 다른 시간의 속도를 살아가고 있는 건지도 몰랐다. 그리고 이제 그 시간의 속도를 다시 맞추려 하는 것은 무의미하고 불필요한 것일지도 모른다는 생각이 들었다. 하영은 하영대로, 나는 나대로 우리는 각자의 시간을 살아가야 하는 것이다.

나는 조용히 청중 사이를 빠져나왔다. 마침내 난 하영을 만나지 않는 게 서로에게 좋을 것 같다고 마음을 정리했다. 여기까지 와서 이렇게 발걸음을 돌리는 게 바보같을 수도 있지만, 그게 맞을 것 같았다. 나는 행사 장소를 떠나면서 무대 위를 바라보았다. 그 순간 하영과 시선이 마주쳤고 하영의 목소리가 미세하게 떨린 것처럼 느껴졌다. 나는 얼른 고개를 돌리고 빠르게 그 장소를 떠났다. 등 뒤로 하영의 목소리가 조금씩 멀어졌다.

하늘은 여전히 맑았고 공기는 아까보다 더 선선해진 게 느껴졌다. 나는 버스 정류장에서 집으로 가는 버스를 타고 창가 자리에 앉았다. 종로 거리에는 여전히 사람들이 많았다. 나는 갑자기 서점에서 들었던 비틀스의 〈Two of

Us)가 듣고 싶어졌다. 가방 속에서 멋대로 선이 엉켜있던 이어폰을 꺼내 조심스럽게 풀어 스마트폰에 꽂았다. 음악 스트리밍 앱에서 《Let it be》 앨범을 재생시키자 익숙한 기타 리프와 함께 〈Two of Us〉가 시작되었다. 나는 노래를 들으며 가사를 읽어보았다.

Two of us riding nowhere

spending someone's hard earned pay

누군가가 힘들게 번 돈을 쓰며

우리 둘은 정처 없이 차를 타고 있어

You and me Sunday driving

not arriving on our way back home

집으로 돌아가는 길에 닿지 않는

너와 나의 일요일 드라이브

We're on our way home

We're on our way home

We're going home

우린 집으로 가고 있어

Two of us sending postcards

writing letters on my wall

우리 둘은 벽 위에 편지를 쓰며

엽서를 보내고 있어

You and me burning matches

lifting latches on our way back home

집으로 돌아가는 길에 빗장을 들어 올리며

너와 난 성냥을 켜고 있어

We're on our way home

We're on our way home

We're going home

우린 집으로 가고 있어

You and I have memories

Longer than the road that stretches out ahead

너와 난 우리 앞에 펼쳐진 길보다

더 긴 추억을 가지고 있어

여름이 지나가고

Two of us wearing raincoats

standing solo in the sun

우리 둘은 태양 아래 홀로 선 채

비옷을 입고 있어

You and me chasing paper

getting nowhere on our way back home

너와 나는 집으로 돌아가는 길에

종잇조각을 쫓으며 어디에도 못 가고 있어

We're on our way home

We're on our way home

We're going home

우린 집으로 가고 있어

반복 듣기로 계속 들으며 가사를 곱씹어 읽어 보았지만 무엇을 의미하는 내용인지 쉽게 이해하기 어려운 가사였다. 노래를 부르는 사람에게 집으로 가고 있는 것이 즐겁고 행복한 것인지, 아니면 슬프고 쓸쓸한 것인지 알 수가 없었다. 그리고 지금 이렇게 내가 버스를 타고 집으로 가는 것이 어떤 의미인지도 나는 알 수가 없었다.

나는 창문을 조금 열어 바깥에서 들어오는 바람을 맞았다. 서서히 저물어 가는 태양의 황금빛이 길가의 가로수에 부드럽게 반사되어 잘게 부서지고 있는 것이 보였다. 나는 서늘한 바람과 따뜻한 빛을 얼굴에 맞으며 살며시 눈을 감았다. 귓가에서는 폴 매카트니가 계속해서 우린 집으로 가고 있다고 노래했다.

고양이가 돌아왔다

고양이는 살짝 경계하는 듯하더니 앞발을 들어 역시나 조심스럽게 내 손끝을 살짝 건드렸다. 오랜만에 느껴지는 감촉이 좋았다. 나는 미소를 지으며 말했다.

"우리, 다시 시작해 볼까?"

고양이가 돌아왔다

"아무래도 내년도 예산이 확보되려면 최소한 2, 3개월은 걸릴 것 같아. 그리고 예산이 나온다고 하더라도 새롭게 과제가 진행된다는 보장을 할 수도 없고. 그래서 말인데, 장 연구원도 이미 들어서 알고 있는 것처럼 다음 달 과제 연결은 힘들 것 같네. 정말 미안한 얘기지만, 일은 이번 달까지만 하게 될 것 같아."

담당 박사가 전화를 걸어 나를 자신의 방으로 불렀을 때 결국 나인 건가, 라는 생각이 들었다. 그래서 어느 정도 마음의 준비를 하고 방으로 들어갔는데, 계약이 이번 달로 끝나게 될 거라는 말을 직접 듣게 되니 예상했던 것보다 기분이 훨씬 더 참담했다. 얘기를 듣고 나면 "괜찮습니다.

어쩔 수 없는 일인걸요. 그동안 챙겨 주신 것만 해도 정말 감사드려요. 일은 찾아보면 금방 다시 시작할 수 있겠죠."라고 웃으면서 아무렇지도 않게, 누가 봐도 정말 쿨하게 말하자고 마음속으로 시뮬레이션까지 했는데 다 소용없는 짓이었다. 나는 현실로 다가온 실직의 충격에 머릿속이 새하얘져서 스스로 어떤 표정을 짓고 있는지도 알지 못한 채 그저 멍하니 있을 수밖에 없었다.

얼마 전부터 내년도 예산 문제로 계약직 연구원의 계약 연장이 일부 안 될 수도 있다는 얘기가 연구원들 사이에서 돌기 시작했다. 모두 겉으로는 그럴 리 없을 거라고, 지금이 어느 시대인데 아무리 계약직이라고 해도 그렇게 갑자기 실직을 시키겠냐고 대수롭지 않은 것처럼 얘기했다. 하지만 다들 속마음은 불안해하면서 계약이 끊기는 당사자가 본인만은 아니기를 간절히 바랐다. 그리고 그건 나도 마찬가지였다. 하지만 결국 그 당사자 중 한 명이 바로 내가 되었던 것이다.

박사를 만나고 돌아와 내 자리에 가만히 앉아 여기서 일을 할 수 있는 기간이 한 달도 채 안 남았다고 생각하니 이제 앞으로 어떻게 해야 하는 것인지 막막해지기 시작했다. 곧 다음 달부터 수입이 없어지면 당장 생활비는 어떻게 해야 할지. 계약 기간이 만료돼서 일을 그만두게 되면

고양이가 돌아왔다

실업급여도 받지 못한다던데. 퇴직금이라고 해봤자 얼마 되지도 않을 것이고, 지금 통장에 있는 돈으로 과연 몇 달이나 버틸 수 있을지. 다달이 내는 월세만으로도 모아 놓은 돈이 금방 없어질 것 같은데. 온갖 걱정들이 머릿속에 꼬리를 물고 떠올랐다. 나도 모르게 한숨이 나왔고, 동료 연구원들은 아무 말도 없이 그저 내 눈치만 보았다.

그 고양이가 자취를 감춘 것도 이때부터였다.

1년 전 지금의 집으로 이사를 온 뒤 베란다에서 연결되는 외부 공간으로 고양이들이 돌아다닌다는 것을 알게 된 이후 나는 사료를 담은 접시를 그곳에 놓기 시작했고, 곧 여러 고양이가 먹으러 왔다. 그 고양이도 그 중 한 마리였는데, 처음 왔을 때만 해도 갓난 새끼 고양이 세 마리 중 한 마리였다. 새끼 고양이들은 처음엔 사람을 경계해서 내 모습이 조금이라도 보이면 사료 근처에는 오지도 않았다. 하지만 시간이 지나고 내가 계속 다가가려고 노력하자 고양이들도 조금씩 나와 익숙해지기 시작했다. 그리고 그 고양이는 세 마리 중 나와 가장 많이 가까워진 고양이었다. 서로가 익숙해진 후로는 내가 사료를 주기 위해 베란다 문을 열기만 하면 그 녀석은 근처 어딘가 있다가 재빠르게 내 앞으로 달려와 앞발을 세우고 엉덩이를 바닥에 붙인 자세로 예쁘게 앉았다. 그리고 내가 손을 내밀면 마치 하이파이브를 하듯 앞발을 들어 내 손가락을 발바닥으로 톡톡 치곤 했다. 그럴 때면 고양이 발바닥의 동글동글하고 말랑말랑한 기분 좋은 촉감이 느껴졌다. 그렇게 오랜 기간을 보다 보니 유독 이 고양이에게 애틋한 마음이 생길 수밖에 없었다.

하지만 어느 정도 시간이 흐르자 그 고양이가 사료를 먹으러 찾아오는 횟수가 조금씩 뜸해지기 시작했다. 문을 열면 반갑게 달려와 주던 녀석이 보이지 않는 경우가 점점 잦아지기 시작했다. 그리고 연구원에서 일하는 게 이번 달까지만이라는 얘기를 들었을 즈음부터 그 고양이는 아예 나타나지 않았다.

나는 고양이의 성향을 잘 알지는 못했지만, 어쩌면 어느 정도 자란 고양이는 다른 서식처를 찾아 이동하는 것일지도 모른다고 생각했다. 마치 사람도 성인이 되면 독립해서 더 큰 세상을 찾아 떠나듯 말이다.

나는 이제 곧 세상에서 내팽개쳐질 예정인데 너는 너의 세상을 찾아 떠났구나.

이제 고양이가 오지 않는 공간에 사료 접시를 놓아두면서 나는 심란한 마음으로 회색빛 구름이 낮게 깔린 하늘만 바라보았다.

고양이가 돌아왔다

며칠 뒤 계약 연장이 되지 않는 연구원 중 희망자를 대상으로 연구보조원으로 채용한다는 소식이 들렸다. 연구보조원이란 쉽게 말해 시급을 받고 일하는 아르바이트였다. 만약 연구보조원으로 일하는 중에 신규 계약직 연구원 자리가 생기면 우선하여 채용될 기회를 준다는 제안이었다. 솔깃한 제안이기는 했지만, 그래도 연구원으로 일하다가 갑자기 연구보조원으로 일하게 된다는 것을 쉽게 받아들이기는 어려웠다. 또 계약직 연구원 자리가 언제 생길지는 누구도 모르는 것이었다. 한 달이 될지 육 개월이 될지, 아니면 계속 없을지. 연구보조원을 희망하는 사람은 계약이 만료되기 이전까지 신청 하라고 했다. 나는 선뜻 신청하지 못한 채 과연 어떻게 해야 할지 고민만 계속할 뿐이었다.

"네가 앞으로 원하는 게 뭔데?"

함께 술을 마시던 죽마고우 친구는 내 고민을 듣더니 대뜸 이렇게 물었다. 그건 나에게 있어 제일 중요한 질문이기도 하면서 대답하기 제일 어렵고, 제일 짜증 나는 질문이었다. 솔직히 말해 제대로 생각해 본 적도 없었다. 비록 계약직이긴 했지만 연구원으로 취업이 결정됐던 1년 전엔 이제 나도 어엿한 일자리를 구했다고 생각했다. 1년이라는 계약 기간은 대수롭지 않게 여겼다. 분명 문제 없이 갱신될 거라고, 그리고 그렇게 갱신되다 보면 곧 정규직 연구원도 될 수 있을 거라고 순진하게만 생각했다. 그랬기에 앞으로 내가 원하는 것, 내가 하고 싶은 것을 진지하게 생각해본 적이 없었다.

"글쎄, 솔직히 모르겠어."

대수롭지 않게 대답하고, 술잔 가득한 소주를 한 번에 들이켰다. 버터구이 오징어의 다리를 찢어 입에 넣고 씹다 보니 짜증과 무기력함이 동시에 밀려왔다. 젠장, 이제 곧 연말인데 이런 대화나 하고 있다니.

"당연히 모르겠지. 그걸 아는 사람이 얼마나 있겠냐. 나도 몰라 인마."

친구가 웃으며 빈 잔에 술을 채워줬다. 별것도 아닌 친구의 대답이 왠지 위로가 됐다.

"근데 정답은 없다고 해도, 그래도 고민은 계속해봐야 하지 않을까? 아무 생각 없이 살 수는 없잖아. 어쩌면 이번 일이 너한테 좋은 기회가 될 수도 있지 않을까 싶기도 해. 뭔가 끈을 놓치지 않기 위해, 또는 그저 그동안의 타성에 익숙해져서 연구보조원을 선택한다면, 글쎄, 그게 그렇게 발전적인 선택은 아닐 것 같아. 물론 네가 정규직 연구원이 되고자 하는 욕심이 있다면 그게 가장 좋은 방법일 수도 있지만."

우리 둘은 잠시 말없이 테이블 위를 바라보았다. 지저분하게 흩어져 있는 땅콩 껍질, 접시 위의 반쯤 남은 오징어는 어딘지 모르게 초라해 보였다.

"이번 기회에 잠깐이라도 여유를 가지면서 조금 더 고민해보는 건 어때? 어쩌면 지금 시간이 미래를 위해 정말 소중한 시간이 될 수도 있잖아?"

"잠깐의 여유와 시간. 그것도 분명 좋지. 그런데, 나, 그렇게 해도 정말 괜찮을까? 솔직히 겁도 나고, 잘 모르겠어."

"괜찮을지 안 괜찮을지는, 직접 해봐야 아는 거 아니겠어? 만약 안 괜찮으면, 그때 다시 뭔가 해결책이 있겠지."

친구는 웃으며 내게 잔을 권했다. 나도 피식 웃으며 잔을 들어 그의 잔에 부딪혔고, 우리는 소주를 한 번에 털어 넣었다.

"내가 오늘 술은 살게. 친구의 미래를 위해 이 정도 응원은 해줘야지. 먹고 싶은 거 있으면 더 시켜."

"그럼 안주나 비싸고 맛있는 거로 시켜봐. 오징어에 소주는 최악이다."

"음, 소주에 어울리는 비싸고 맛있는 안주라. 그럼 황도 어때? 소주엔 황도 국물이 최고지."

"미친놈, 꺼져."

나는 웃으며 스마트폰의 시간을 확인했다. 이미 자정이 넘었고, 이제 10일도 안 남은 날이 흐르면 12월도 끝이었다.

집으로 돌아와 습관적으로 뒷베란다의 문을 열었다. 역시나 그 고양이는 나타나지 않았다. 매일 놓아두는 그릇의 사료가 계속 사라지는 걸 보면 다른 고양이들이 와서 먹기는 하는 모양이었다. 나는 빈 그릇을 들고 안으로 들어와 봉투에 든 사료를 퍼서 그릇에 담았다. 그리고 다시 바깥에 내려놓았는데, 조금 떨어진 계단 아래에 무언가 있는 게 보였다. 어두워서 자세하게 보이지는 않았지만 그건 분명 고양이었다. 검정 새끼 고양이 세 마리가 계단 밑에서 눈만 빼꼼히 내민 채 나를 바라보았다. 그 모습은 예전 그 고양이가 처음 이곳에 나타났을 때의 모습과 똑같았다. 심지어 몸 전체가 검은색인 것까지 똑같았다. 마치 과거로 시간이 되돌아가 당시의 새끼 고양이 세 마리가 다시 나타난 것처럼 느껴졌다. 나는 가만히 앉아 고양이들이 사료를 먹으러 오기를 기다렸지만 아무래도 겁이 많은 새끼들은 사람이 있으면 쉽게 오지 않았다. 예전 그 고양이도 그랬던 것처럼. 나는 계단 밑에서 내 눈치를 보고 있는 귀여운

새끼 고양이들을 바라보며 예전 그 고양이가 이제 오지 않는 건 서운했지만, 그래도 그와 똑같은 새끼 고양이가 다시 나타난 것에 반가워했다. 나는 고양이들이 사료를 먹을 수 있도록 살며시 자리에서 일어나 집 안으로 들어갔다.

며칠 동안 탐색전의 연속이었다. 새끼 고양이들은 살금살금 다가오다가도 내가 조금이라도 움직이거나 다가서려 하면 재빠르게 도망가 계단 뒤로 몸을 숨겼다. 그래도 시간이 조금 더 흐르자 조금 더 호기심 많고 용기 있는 고양이가 다른 두 마리보다 더 다가오기 시작했다. 하지만 아직은 내가 다가가려 하면 역시 도망가 버렸다. 나는 시간을 더 가지고 기다려보자고 생각했다.

크리스마스가 지나고 연말이 코앞으로 다가온 어느 날, 담당 박사가 내게 연구보조원을 할 의향이 있는지 물었다. 그리고 자신이 보기에 늦어도 2월 안으로는 새로운 계약직 과제가 생길 것 같은데 연구보조원을 하면서 기다려보는 건 어떻겠냐고 했다. 나는 잠시 생각한 뒤 차분한 목소리로 대답했다.

"말씀은 감사하지만, 이제 다른 방향을 찾아볼까 해요. 시간을 가지면서 조금 더 안정적으로, 제가 더 잘할 수 있는 일을 찾아보려고요. 그동안 신경 많이 써주신 거 정말 감사드립니다."

어쩌면 지금 이 대답을 나중에 땅을 치고 후회할 순간이 올지도 몰랐다. 하지만 어떤 것을 선택한다고 해도 불확실한 건 마찬가지였다. 그래서 나는 익숙한 장소에 계속 머무르기보다는 나에게 맞는 새로운 세상을 한 번 찾아보기로 했다. 친구의 말처럼 직접 해보지 않는 이상 결과는 알 수 없으니까.

그렇게 마지막 인사를 하고 나는 연구원을 그만두었다. 연말까지 남은 날들은 연차를 사용해 쉬는 것으로 처리했다. 연구원에서 나와 집으로 가는 버스에서 보이는 거리의 풍경은 연말 분위기가 완연했다. 거리의 상점들과 백화점은 화려한 조명으로 한껏 꾸며졌고, 그 안에서 많은 사람이 행복한 연말을 보내고 있는 것처럼 보였다. 버스의 차창 밖으로 보이는 풍경을 바라보며 나는 이제부터 시작될 지금까지와는 다른 생활이 과연 어떨지 생각했다. 불안하고, 두렵고, 또 다르게 보면 설렐 수 있는 나날들이 과연 어떻게 펼쳐질지 머릿속으로 그려보았다. 그 어느 것도 선명한 건 없었다. 모든 건 부딪쳐 보고 새롭게 시작해 보는 수밖에 없었다.

집으로 돌아와서는 가방은 방 한구석에 그대로 던져둔 채 라디오를 켜고 편한 옷으로 갈아입었다. 그리고 냉장고에서 캔맥주를 꺼내 뒷베란다로 갔다. 맥주를 한 모금 마신 후 과연 고양이들이 왔을지 기대하며 문을 열었다. 가벼운 철문이 끼익하고 소리를 내며 열리자 저 아래에서 세 마리의 작은 새끼 고양이들이 총총거리며 달려왔다. 그리고 그중 한 마리가 내 앞까지 다가와서는 예쁘게 자세를 잡고 앉았다. 나는 들고 있던 맥주 캔을 옆에 내려 두고 그 고양이 앞에 살며시 다가가 앉았다. 새끼 고양이는 살짝 몸을 움찔했지만, 그전처럼 도망가지는 않았다. 나는 조심스럽게 오른손을 앞으로 내밀었다. 고양이는 살짝 경계하는 듯하더니 앞발을 들어 역시나 조심스럽게 내 손끝을 살짝 건드렸다. 오랜만에 느껴지는 감촉이 좋았다. 나는 미소를 지으며 말했다.

"우리, 다시 시작해 볼까?"

고양이는 동그란 눈으로 나를 바라보았다. 나는 천천히 일어나 사료가 담긴 그릇을 들어 고양이 앞에 놓았다. 고양이는 기다렸다는 듯이 사료를 먹기 시작했고, 나머지 두 마리도 살금살금 다가와 사료를 먹기 시작했다. 나는 고양이들이 편하게 밥을 먹을 수 있도록 베란다로 조심히 들어왔다. 그리고 놓아두었던 맥주를 들고 바닥에 앉아 천천히 마시며 고양이들을 바라보았다. 집안의 라디오에서는 〈Auld lang syne〉이 조용히 흘러나왔다.

어바웃 주얼

그리고 언제가 될지는 모르겠지만, 기회가 된다면 글을 써보고 싶어요. 제가 지금까지 겪은 것, 느끼고 생각한 것, 그리고 앞으로 마주해야 할 것들을요.

어바웃 주얼

그의 이름은 주얼이다. 이주얼. 본관은 전주이며, 한자로는 집 주(宙)에 그루터기 얼(櫱)을 쓴다. 할아버지가 직접 지어준 이름이다. 할아버지는 주얼이 태어나기 전까지 자신의 자식이나 손주의 이름을 손수 짓는 것에 관심이 없었다. 자신의 손녀, 심지어 아들 이름도 별 고민 없이 동네에 한 명 있는 작명가에게 부탁해서 지은 것이었다.

하지만 주얼이 태어났을 때 할아버지는 문득 손자의 이름을 자신이 직접 지어주고 싶다는 생각이 들었다. 그래서 전에는 전혀 쳐다볼 일도 없었던 먼지 쌓인 두꺼운 옥편을 책장 구석에서 끄집어내어 이리저리 뒤져 보며 이름에 어울릴만한 한자를 고르느라 오랜 시간을 고민했다. 그렇게 한참 동안을 찾은 끝에 메모지에 李, 宙, 糵 세 글자만을 큼지막하게 적어서 주얼의 아버지에게 주었다. 무슨 뜻에서 이름을 주얼이라고 지었는지는 그 어떤 설명도 하지 않았다.

주얼의 아버지는 건네받은 이름이 처음에는 마음에 들지 않았다. 특히 이름이 얼로 끝나는 것이 영 이상하게 보였다. 하지만 계속 보고 소리 내어 말하다 보니 입이 작고 동그랗게 벌어지며 부드럽게 발음되는 게 예쁘고 괜찮다는 생각이 들었다. 그래서 결국 그 이름을 그대로 사용하여 출생신고를 했다. 주얼이라는 이름은 한자의 뜻대로 읽으면 집의 그루터기였고, 굳이 의미를 부여하자면 집의 기본 또는 근본 정도로 해석할 수 있는 이름이었다. 아마도 할아버지는 태어난 손자가 집안의 중심이 되길 바란 것인지도 몰랐다.

주얼은 어린 시절 자신의 이름 때문에 놀림도 많이 받았고, 적지 않게 어색한 순간도 경험해야만 했다. 우선 얼이라는 글자 때문에 얼간이, 이얼싼쓰 같은 1차원적 별명이 따라다닐 수밖에 없었다. 또 이름 자체가 영어단어 jewel과 같은 발음이었고, 이주얼의 영어식 이름인 Jueol Lee도 jewelery와 발음이 같아 아이들에게는 재밌는 놀림감이 되었다. 보석을 의미하는 영어단어와 발음이 같은 것이 예쁘다고 생각할 수도 있었겠지만, 심술궂은 아이들은 그저 혀를 과장되게 굴리는 식으로 주얼의 이름을 가지고 놀려대곤 했다.

할아버지가 이름을 의도적으로 영어단어와 발음을 같게 지었을 리는 없었다. 시골에서 태어나 평생 농사일만 하며 살았던 할아버지는 확인해본 적은 없지만 아마 jewel이란 단어를 알지도 못했을 것이다. 어쨌든 할아버지 덕에 주얼은—본인이 사용할 의사가 있다면—영어권에서도 그대로 사용할 수 있는 이름을 갖게 되었다.

주얼이 초등학교에 들어갈 무렵 그의 부모는 이혼했다. 부모가 왜 이혼을 했는지, 아니 이혼이란 게 무엇인지 어렸던 주얼은 알지 못했다. 왜 그래야 하는지 이유도 모른 채 그저 어느 순간부터 누나는 어머니와 살고, 본인은 아버지와 살게 되었다는 것만 알았을 뿐이다. 아버지가 이제부터는 자신과 살아야 한다고, 엄마는 이제 만나지 못한다고 얘기했을 때 주얼은 그게 무엇을 의미하는지 잘 몰랐다. 그래서 주얼은 그 말을 듣고 울지도, 엄마를 보고 싶다고 떼를 쓰지도 않았다. 그리고 몇 년 후에 주얼은 엄마가 다른 남자와 다시 결혼했다는 사실을 가끔 만나던 누나에게서 듣게 되었다.

주얼의 아버지는 방송국에서 라디오 프로그램의 작가로 일했다. 그는 조용하고 차분한 성격이었다. 그가 맡은 프로그램은 클래식과 재즈 음악을 다루는 방송이었고, 그는 그 일에 매우 만족했다. 그는 일하면서 방송국에 있는 수많은 음반을 접했고, 그러한 음반 중 마음에 드는 것들을 음반사를 통해 특별히 저렴한 가격으로 구입했다. 그렇게 모으기 시작한 클래식 및 재즈의 바이닐과 CD들이 어느새 방의 한쪽 면을 가득 채울 정도가 되었다. 그는 음반이 있는 방에 조금 무리를 해서 고가의 하이파이 오디오 기기를 설치했다. 이후 그는 집에 있는 시간 대부분을 그 방에서 음악을 들으며 보냈다.

그는 소설을 읽는 것도 좋아해서 그 방에 수백 권의 소설책을 갖다 놓았고, 음악을 들으며 소설을 읽었다. 그럴 때마다 어린 주얼을 자신의 옆에 앉히고 듣고 있는 음악과 읽고 있는 소설에 관해 얘기해주곤 했다. 아버지가 들려주는 음악과 소설 얘기를 이해하기에 주얼은 너무 어렸지만, 주얼은 아버지 옆에서 가만히 앉아 얘기를 듣는 시간을 좋아했다. 주얼은 종종 아버지가 들려주는 얘기를 듣다가 그의 다리에 머리를 기대어 잠이 들기도 했다.

주얼은 조금 더 나이가 들자 스스로 음반을 고르고 오디오를 작동시켜 음악을 들었다. 그리고 책장에 꽂혀있는 소설들도 한 권씩 골라 읽기 시작했다. 주얼도 아버지를 닮아 조용하고 내향적인 성격이었으며, 음악과 문학에 관심이 많았다. 학교에서도 친구들과는 거의 어울리지 않고 혼자서 조용히 있는 편이었으며, 학교 수업이 끝나면 곧바로 집으로 돌아오곤 했다. 주얼은 밖에서 아이들과 뛰어노는 것보다 집에서 혼자 음악을 듣고 책을 읽는 것을 더 좋아했다. 다른 어느 순간보다 그 순간에 마음의 편안함을 느꼈다.

그렇게 주얼은 베토벤과 브람스의 교향곡을 좋아하게 되었고, 그의 아버지가 좋아했던 슈베르트의 가곡과 피아노 소나타를 즐겨 듣게 되었다. 조지 오웰과 샐린저의 소설이 마음에 들었으며, 셰익스피어의 희곡은 등장인물의 주요 대사를 외울 수 있을 정도로 여러 번 읽었다. 음악을 듣고 책을 읽고 있으면 어느새 그 방은 주얼에게 자신만의 작은 세계가 되었다.

주얼이 수능시험을 앞두고 있을 무렵 아버지가 방송국에서 쓰러졌다. 급성 심근경색이었다. 그가 갑자기 쓰러진 뒤 동료들이 미처 어떻게 해볼 겨를도 없이 그의 심장은 영원히 멈춰버렸다. 주얼은 충격으로 제정신이 아니었지만 사람들의 도움을 받아 겨우 장례를 치뤘다. 주얼의 어머니는 장례식에 오지 않았으며, 누나만이 참석해 말없이 주얼을 안아 주었다. 아버지는 유산으로 주얼이 당장 혼자 살아가기에는 부족하지 않을 정도의 보험금과 오래된 작은 아파트, 수많은 음반과 소설책, 그리고 값비싼 오디오를 남겼다.

주얼은 아버지의 장례 이후 한동안 방에 틀어박혀 계속 울다가 잠이 들었고, 다시 깨서 울기를 반복했다. 그렇게 며칠을 보낸 뒤 주얼은 깨달았다. 아버지는 자신의 유일한 가족이자 친구였다는 것을. 그러한 아버지가 이제 없다는 사실은 소중한 그 무엇의 영구적인 상실을 의미하는 것이었다.

얼마간의 시간이 지나 주얼은 겨우 몸과 마음을 추스릴 수 있었다. 곧 수능시험이었지만 시험을 보고 대학을 가려는 생각은 이미 사라진 상태였다. 주얼은 겨울방학이 되자 어디든 멀리 떠나보기로 했다. 아무런 이유와 목적 없이 겨울바람에 마른 낙엽이 날리듯 이곳저곳을 떠돌아다니고 싶었다. 그러다 보면 자신이 앞으로 어떻게 살아야 하는지, 무엇을 하고 살아야 하는지 희미하게나마 알 수 있지 않을까 생각했다.

기간이 얼마나 될지 모른 채 당장 필요한 짐만을 간소하게 챙겨서 배낭을 꾸렸다. 버스 터미널에서 거리가 멀고 큰 도시가 아닌 곳을 골라 티켓을 사 버스에 올라탔다. 버스는 남쪽을 향해 달리기 시작했고, 주얼은 차창 밖의 풍경을 가만히 바라보았다. 낮게 드리워진 회색빛 하늘에서 금방이라도 눈이 내릴 것만 같았다.

　스무 살도 안 된 아직 어린 소년처럼 보이는 주얼이 혼자서, 그것도 관광지도 아닌 지방의 소도시를 정처 없이 떠돌아다니는 게 결코 쉬운 일은 아니었다. 주얼은 어딜 가나 자신이 어디에도 속하지 못한 이방인이라는 사실을 깨달았고, 그래서 자신을 보는 모든 사람의 눈빛이 불안과 의심, 때로는 위협으로 가득 차 있는 것처럼 느꼈다. 먹는 것들은 대부분 형편없는 음식들이었고, 그나마 그것도 끼니마다 제대로 챙겨 먹지 못했다. 숙박은 가장 저렴한, 그래서 허름하고 지저분한 여인숙을 골라서 묵어야만 했고, 종종 터미널 대합실 같은 곳에서 밤을 새우기도 했다.
　주얼은 해가 뜨면 밖으로 나가 특별한 목적지 없이 걸어 다녔고, 해가 지면 다시 숙소로 돌아오기를 반복하며 하루하루를 보냈다. 걸어 다니는 동안에는 이런저런 여러 생각들을 했다. 그 생각들은 주로 가족과 자신, 그리고 앞으로 다가올 미래에 관한 생각들이었다.
　처음에는 아버지 생각을 자주 했다. 가장 먼저 생각났

던 건 아버지의 방이었다. 수많은 음반과 책, 그리고 소리가 훌륭했던 고가의 오디오가 있던 방. 그 방에서 아버지의 품 안에 앉아 함께 음악을 듣고 아버지가 읽는 책을 호기심 어린 눈으로 바라보았던 기억과 아버지의 도움 없이도 혼자서 음악을 듣고 소설을 읽었던 기억들이 계속 떠올랐다. 아버지의 방이면서 이제는 자신의 방이기도 한 그곳은 주얼에게 가장 편안하고 행복한 느낌이 드는 공간이었다.

이제는 기억이 흐릿해진 어머니를 생각하기도 했다. 그녀는 아버지의 장례식에 오지 않았다. 그렇다고 주얼은 그녀를 미워하지 않았다. 아니, 미워할 이유가 없었다. 재혼한 그녀를 마지막으로 본 것은 10년도 더 전이었다. 비록 자신을 낳아주긴 했지만 이제 그녀는 자신의 인생과 상관없는 사람이었고, 아버지와 자신을 떠난 그녀에게도 그럴 수밖에 없는 사정이 있었을 것으로 생각했다. 주얼은 그저 그녀가 어딘가에서 건강하고 행복하게 살고 있기를 바랐다.

자신이 지금까지 살아왔던 날들과 학창 시절, 그리고 그 시절을 같이 보냈던 또래 친구들 생각도 했다. 주얼은 워낙 조용하고 내향적인 성격이라 친구가 거의 없었고, 스스로 친구가 필요하다고 생각하지도 않았다. 그래서 지금

까지 만났던 아이들 중에 기억에 특별히 남아 있는 친구
는 없었다. 아마 그들 대부분도 자신을 거의 기억하지 못
할 것이기에 그는 아쉽다거나 미안하다는 생각은 하지 않
았다. 이제 그들은 고등학교를 졸업하고 대학에 갔거나,
아니면 취업을 했거나, 그것도 아니면 자신처럼 방황하며
떠돌고 있을지도 몰랐다. 주얼은 그들 모두가 각자 원하는
삶을 살 수 있었으면 좋겠다고 생각했다. 그리고 자신 또
한 앞으로 하고 싶은 일을 하며 원하는 삶을 살고 싶다고
생각했다. 하지만 아무리 고민해봐도 자신이 하고 싶은 일
이 무엇인지, 어떤 삶을 살고 싶은 것인지 구체적으로 떠
올릴 수가 없었다.

　　가끔 마을을 걷다가 서점을 발견하게 되면 그곳에 들
어가 아버지 방에서 읽었던 소설들을 찾아 구입했다. 그리
고 어디든 차가운 바람을 막아줄 수 있는 곳에서, 햇살이
좋은 낮에는 양지바른 곳에 앉아서, 저녁에는 숙소에서 그
책들을 읽곤 했다. 그렇게 책을 읽고 있으면 아버지의 방
에 있을 때 느꼈던 편안함과 조금이나마 비슷한 기분이 느
껴졌다. 그리고 그 방을 향한 그리움도 함께 느껴지곤 했
다. 주얼은 점점 그 방이 그리워졌다.

　　그렇게 이곳저곳을 떠돌아다닌 지 두 달이 되어 갈 무
렵, 그래서 몸과 마음이 이제는 조금씩 지쳐가던 무렵에

주얼은 어느 소도시의 읍내를 걸었다. 음반을 팔고 있는 작고 낡은 가게 앞을 걸어가던 도중 그곳에서 흘러나오는 음악 소리가 주얼의 귀에 들어왔고 발걸음을 멈추게 했다. 서정적이면서 비애감이 느껴지는 멜로디. 그건 주얼의 귀에 매우 익숙한 피아노 연주였다. 바로 슈베르트의 방랑자 환상곡이었고, 지금 흘러나오는 부분은 2악장이었다. 주얼의 아버지가 가장 좋아하던 곡 중 하나였고, 그래서 주얼에게도 자주 들려주며 곡에 관한 얘기를 들려주곤 했었다. 주얼은 그 얘기를 정확하게 기억했다. 슈베르트는 젊은 날의 고독과 외로움, 그리고 방랑을 주제로 한 음악을 많이 만들었고, 지금 이 음악도 방랑자를 테마로 하여 만든 음악이라고.

주얼은 자신도 모르게 발걸음이 가게 안으로 향했다. 폭이 좁고 안쪽으로 긴 내부 공간 양쪽 벽면에는 중고 바이닐과 함께 CD, 테이프가 가득했다. 오래된 중고 음반에서 나는, 아버지 방에서 맡았던 매캐한 냄새가 가게 안에서 희미하게 느껴졌다. 주얼은 순간 가슴이 두근거리고 자신의 몸이 미세하게 떨리기 시작한 것을 느꼈다. 가게에 들어와 그곳의 모습을 보고 그곳의 냄새를 맡은 순간 아버지의 방, 아니 이제는 자신의 방이 된 공간을 몸이 기억하고 반응하는 듯 했다.

주얼은 마른침을 삼킨 뒤 가게 주인에게 지금 재생되는 음반이 누가 연주한 음반인지 작은 목소리로 조심스럽게 물어보았다. 의자에 앉아 잡지를 보고 있던 머리가 희끗희끗한 주인이 주얼을 가만히 쳐다봤다. 그러더니 천천히 일어나 턴테이블 옆에 놓여있던 음반 재킷을 집어 주얼에게 건네주고 다시 제자리로 돌아가 앉았다. 알프레드 브렌델이 1971년 잘츠부르크에서 녹음한 음반이었다. 집에 있는 음반과 동일한 것이었다. 아버지가 직접 턴테이블 위에 올리고 톤암을 움직여 아름다운 선율을 들려주었던 음반. 그리고 자신 또한 같은 방식으로 직접 들었었던 음반. 곡은 어느새 3악장으로 넘어가 힘차고 격정적인 피아노 선율로 바뀌었다.

갑자기 주얼의 눈에서 눈물이 나기 시작했다. 왜 눈물이 나는 건지 이유를 알 수 없었다. 수많은 바이닐이 꽂혀 있는 가게 안, 자신의 손에 들려 있는 익숙한 음반, 그리고 클라이맥스를 향해 빠르고 웅장하게 나아가는 슈베르트의 음악. 주얼은 그 순간 자신이 이제는 그 방으로 다시 돌아가야만 한다고 생각했다. 자신의 내면 깊숙한 곳에서부터 이제 네가 돌아가야 할 곳은 그 방이라고 말하는—작지만 확고하게 울리고 있는—메아리를 주얼은 분명하게 들었다.

모든 것을 다시 시작해야 할 곳이, 그리고 앞으로 계속 함께해야 할 곳이 그곳이란 것을 주얼은 이제 깨달았다. 지금, 이 순간 여기에서 방랑자 환상곡을 듣게 된 것이 운명처럼 느껴졌다. 어쩌면 이 순간을 위해 자신이 지금까지 방황의 시간을 보낸 것이라고 주얼은 생각했다. 주얼은 흘러내리는 눈물을 옷소매로 닦고 음반 재킷을 주인에게 다시 돌려주며 감사하다고 말했다. 주인은 말없이 티슈 몇 장을 뽑아 주얼에게 건넸다. 주얼은 티슈를 받아든 뒤 인사를 하고 가게를 나왔다.

주얼은 곧바로 숙소로 돌아왔다. 숙소로 돌아오는 길에 자신 안의 뭔가가 크게 바뀌었다는 걸, 그것이 무엇인지는 정확히 알 수 없었지만 집을 떠나기 전과는 분명하게 달라졌다는 걸 느꼈다. 숙소로 돌아온 주얼은 욕실에 들어가 거울 속 자신의 모습을 가만히 바라보았다. 거울 속 얼굴은 마르고 초췌했으며, 마치 다른 사람처럼 보였다. 하지만 눈빛만은 분명히 자신의 눈빛이었고, 전과는 다르게 더욱더 선명하게 빛나고 있다는 걸 느꼈다. 그리고 그 눈빛을 보고 있으니 또다시 눈물이 흐르기 시작했다. 눈물이 왜 흐르는지는 역시 알 수 없었다.

이후 주얼은 바로 서울로 올라왔다. 길다면 길고, 짧다면 짧은 두 달여간의 시간 동안 주얼은 내면의 외로움을 바라볼 수 있었다. 그 경험을 통해 앞으로 무엇을 어떻게 해야겠다는 구체적인 깨달음을 얻은 건 아니었다. 하지만 분명한 메시지는 깨달았다. 그건 너무나도 분명하고 단순한 메시지였다.

계속 살아라.

주얼은 슬퍼하고만 있을 수는 없다고 생각하며 뭘 하든지 계속 살아가면서 선택을 해보자고, 그리고 그 모든 선택을 아버지가 물려준 방과 함께하자고 생각했다. 그렇게 한다면 분명 자신이 원하는 삶을 살 수 있을 것만 같았다.

서울로 다시 돌아온 주얼은 우선 대학에 가야겠다고 결심했다. 아직까진 자신이 어딘가 소속될 수 있는 곳이 필요하다고 생각했다. 이대로 세상에 홀로 발을 내딛기에는 스스로 유약하고 부족하다고 느껴졌다. 그랬기에 자신에게 조금 더 성장할 수 있는 시간과 소속감을 줄 수 있는 곳이 필요했고, 그러한 곳이 대학 말고는 잘 떠오르지 않았다.

주얼은 긴 여행으로 지친 몸을 추스른 뒤 재수 학원에 다니면서 입시 준비를 시작했다. 수능시험에서 예상보다 좋은 점수를 받은 주얼은 어떤 전공을 선택할지 고민하다가 자신의 성격과 취향을 고려하여 영문학과로 결정했고, 학교의 이름보다는 자신이 사는 곳에서 멀지 않은 곳을 기준으로 대학을 선택해 입학했다.

주얼에게 대학 생활은 분명 이제껏 해보지 못한 새로운 경험이었지만 그것이 그의 성격을 바꿔 놓지는 못했다. 수업은 빼먹지 않고 열심히 들어 성적은 좋았으나 대학 생활 자체는 그다지 즐거웠다고 할 수 없었다. 몇몇 친구를 사귀기도 했지만 주얼은 기본적으로 사람들과 함께 시간을 보내는 것에 계속해서 어색함을 느꼈다. 대학생이 되어서도 여전히 수업이 끝나면 특별히 참석해야만 하는 모임이 있는 경우를 제외하고는 집으로 돌아와 혼자서 음악을 듣고 소설을 읽었다. 군대를 다녀와서도 변한 것은 없었다. 항상 조용히 혼자 지냈고, 그렇게 대학 생활이 흘러갔다.

졸업 시기가 다가오자 졸업 이후의 삶을 고민하지 않을 수 없었다. 본인의 성격으로는 일반적인 회사에 들어가 사회생활을 한다는 것이 쉽지 않다는 것을 알았다. 아버지가 남긴 돈이 아직 여유가 있었지만, 그렇다고 언제까지 가지고 있는 돈을 쓰기만 하며 살아갈 수는 없는 노릇이었다. 돈을 벌 수 있는 방법을 찾아야만 했다.

주얼은 자신이 무슨 일을 할 수 있을지 생각해 보았고

오랜 고민 끝에 음악을 들려주고 술을 파는 작은 바(bar)를 해보자고 생각했다. 음반과 책, 그리고 오디오와 함께하며 일을 할 수 있는 방법이 그것 말고는 딱히 떠오르지 않았다. 물론 손님을 상대하는 장사를 과연 자신이 할 수 있을지, 그러한 가게가 돈을 얼마나 벌 수 있을지 알 수 없었지만 일단 시작해 보기로 했다.

집 근처 조용한 주택가 내부의 낡은 건물 2층을 임대하여 가게를 열었다. 번화가에서 멀리 떨어져 있어 사람의 왕래가 적은 동네였지만 주얼은 그런 것에 크게 신경 쓰지 않았다. 오히려 많은 손님이 오는 것보다는 조용히 음악을 듣고 책을 읽을 수 있기를 희망했다.

개업 초기에는 예상대로 손님이 거의 없었다. 하지만 가게에 설치된 오디오 시스템과 수많은 음반, 그리고 소설책에 관한 입소문이 퍼지기 시작하면서 예상보다 많은 손님들이 찾아왔다. 주얼은 손님이 늘어나면서 자신만의 시간이 줄어드는 것이 아쉽기도 했지만 어쨌든 임대료라도 벌어야 했기에 손님이 없는 것보다 있는 것이 낫다고 생각했다.

그렇게 점점 주얼의 가게를 찾는 손님들이 늘어갔고, 그녀도 그런 단골손님 중 한 명이었다.

그녀는 어느 날 퇴근하고 집으로 오던 중 집 근처에 있는 건물 입구에 Jewel's Room이라고만 적혀있는, 자세히 보지 않으면 알아보기도 힘든 작은 간판을 발견했다. 간판만 봐서는 무엇을 하는 곳인지 알 수 없었다. 2층에서부터 희미하게 음악 소리가 들려오는 것을 보니 카페인가 싶기도 했다. 그녀는 어느 날 용기를 내어 2층으로 올라가 보았고 그곳이 바이닐로 음악을 들려주는 바라는 것을 알게 되었다. 평소 음악 듣는 것을 좋아했던 그녀는 집 근처에 그런 가게가 생겼다는 것이 반갑고 기뻤다. 조용하게 흐르는 클래식과 재즈 음악도 듣기 좋았고, 비치된 책들을 읽을 수 있다는 것도 마음에 들었다. 그리고 자기 또래의 젊은 청년이 혼자서 가게를 운영하는 것도 그녀의 흥미를 끌었다. 그녀는 퇴근 후에 자주 그곳에 들렸고 어느 순간부터 주얼의 바로 앞에 앉아 그와 인사를 나누고 대화를 시작하게 되었다.

그녀의 이름은 전제희였다. 별빛 제에 빛날 희를 쓰는 이름이었다. 주얼은 그녀의 이름이 예쁘다고 얘기해 주었고 자신의 이름은 jewel과 발음이 같다고 얘기해 줬다. 그녀는 이제야 가게 이름의 의미를 알았다며 센스 있게 잘 지었다고 얘기했다. 그녀가 가게를 방문할 때마다 둘은 점점 더 많은 이야기를 나누게 되었다. 음악과 소설에 관한 이야기부터 시작된 그들의 대화는 어느새 그녀의 소소한 일상까지 나누게 되었다.

　주얼은 주로 그녀의 얘기를 듣기만 하고 자신의 얘기는 거의 하지 않았다. 하지만 시간이 지날수록 주얼도 조금씩 본인의 얘기를 들려주게 되었다. 자신의 이름에 관한 얘기, 가족관계와 아버지에 관한 기억, 그리고 겨울의 방랑과 아버지의 방에 관한 얘기 등을 그녀에게 하나하나 해주었다. 주얼이 다른 사람에게 자신의 이야기를 이렇게 자세히 하는 것은 처음이었다. 그녀는 주얼의 이야기를 진지하게 들으면서 함께 공감해주고 위로해주었으며, 때론 응원해주었다.

　그녀는 어느 날 주얼에게 혹시 앞으로 해보고 싶은 것이 있는지 물어보았다. 주얼은 잠시 머뭇거리다 자신이 평소에 생각하고 있던 것을 차분한 목소리로 말했다.

　"나에게는 이 공간과 이곳에 있는 물건들이 정말로 소중해요. 여기에는 아버지의 기억과 내 삶이 온전하게 깃들어 있어요. 여기에 있으면 다른 것은 아무것도 필요 없다는 느낌마저 들어요. 그러니 계속해서 이 공간과 이 공간 안에 있는 것들을 잘 유지하는 게 저에겐 가장 중요한 일이겠죠."

　주얼은 실내를 한 번 둘러본 뒤 그녀에게로 시선을 돌

렸다. 그리고 계속해서 말을 이어나갔다.

"그리고 언제가 될지는 모르겠지만, 기회가 된다면 글을 써보고 싶어요. 제가 지금까지 겪은 것, 느끼고 생각한 것, 그리고 앞으로 마주해야 할 것들을요. 예전부터 생각해 왔는데 아직까진 실천하지 못했어요. 그런데 오늘 이렇게 제희 씨에게 얘기하고 나니까 이제는 시작해도 좋을 것 같다는 생각이 드네요."

그녀는 자신도 모르게 얼굴에 미소가 지어졌다. 자신이 주얼에게 어떠한 계기가 되었다는 것이 기뻤다. 그녀는 이런 공간을 만들고 이런 공간 안에 있는 사람이 쓰는 글이라면 분명 멋진 글이 될 수 있을 거라고 얘기했다. 그리고 주얼의 눈을 바라보며 만약 글을 쓰게 된다면 본인이 첫 독자가 될 수 있었으면 좋겠다고 말했다.

주얼도 그녀의 눈을 바라보았다. 조명 빛이 그녀의 눈 안에서 별처럼 반짝였다. 주얼은 미소를 지으며 꼭 제일 먼저 보여 주겠다고 약속했다.

영업이 끝나고 손님들이 모두 떠난 가게 안에 주얼은 홀로 남았다. 작은 스탠드에서 나오는 낮은 조도의 노란 불빛이 공간을 따스하게 비추었고, 스피커에서는 스탄 게츠의 재즈 선율이 조용히 흘러나왔다. 그리고 테이블 위에는 노트북의 화면이 하얗게 빛났다. 주얼은 어떤 글을 쓸지 곰곰이 생각했다. 지금까지 제대로 글을 써 본 적은 없었지만 글을 쓴다는 것에 두려움은 없었다.

화면 속에서 깜빡이는 커서를 바라보며 주얼은 우선 자신에 관한 글을 써보자고, 자신을 바라보는 글을 쓸 수 있어야 다른 글도 쓸 수 있을 것이라고 생각했다. 그러자 머릿속에 글의 제목이 자연스럽게 떠올랐다. 주얼은 키보드 위에 살며시 손을 올리고 조심스럽게 제목을 적었다.

「어바웃 주얼」

다시 계절을 보내며

2019년 연말이었는지, 2020년 연초였는지 정확히 기억나지 않는다. 찬바람이 매섭던 어느 겨울밤, 나는 대학로의 한 작은 카페에서 오랜만에 만난 친구와 함께 따뜻한 차를 마시며 이런저런 얘기들을 나누었다. 서로의 삶이 바빠 그동안 나누지 못했던 각자의 일상을 하나하나 알아가던 중 어느새 우리의 대화는 앞으로의 계획, 새롭게 시작되는 2020년에 해보고 싶은 것으로 흘러갔다. 아직은 섣부를 수 있는 새해의 희망과 각오, 그리고 걱정들이 눈에는 보이지만 손에는 잡히지 않는 구름처럼 우리 둘 사이에 뭉게뭉게 피어올랐다. 그리고 나는 무심코 친구에게 새해에는 취미 삼아 글쓰기를 한번 시작해보고 싶다는, 그전까지 전혀 생각해 본 적 없었던 계획을 즉흥적으로 말했다.

왜 갑자기 그런 계획을 말했을까? 평소 글쓰기에 관심이 있던 것도 아니었고, 그저 인스타그램에 올라오는 글쓰기 모임 게시물을 훑어보면서 이런 게 있구나, 라고 생각하며 지나쳤던 게 전부였는데 말이다. 그렇다고 그 모임에 한 번 참가해볼까 하는 생각을 해본 것도 아니었다. 지금 와서 생각해 보면 아마도 글쓰기를 향한 나도 몰랐던 관심과 욕망이 내 안의 무의식 어딘가에 있던 건지도 모르겠다.

하지만 내가 가진 무의식 속 욕망이 단순히 말만 한다고 해서 실현될 수는 없다. 그것을 정말 원하고 있다는 확신을 스스로 가져야 하고, 적극적인 실천이 따라야만 한다. 그런데 당시 나는—당연하게도—내가 그것을 진정으로 원하는지 확신이 없었다. 한 번도 진지하게 생각해 본 적이 없으니 그럴 수밖에 없었다. 괜한 말을 했나 하는 후회가 조금씩 들었고, 어느새 내 귓가에선 내 안의 또 다른 내가 속삭이는 목소리가 들렸다.

갑자기 생뚱맞게 무슨 글쓰기야. 지금 벌려 놓은 것도 많으면서 뭘 또 새로 시작하려고. 너 그냥 괜히 뭔가 있어 보이려고 그러는 거지? 돈 버리고 시간 버릴 일 시작하지 마. 원래 새해 계획이란

게 다 그런 것처럼 이것도 그냥 말로만 하고 끝내자. 알겠지?

　그때 만약 함께 했던 친구의 반응이 없었다면 나는 분명 마음의 소리를 인정한 채 내 입방정을 자책하며 글쓰기 계획을 없던 일로 했을 것이다. 친구는 내 얘기를 듣고 나서 진심이 느껴지는 표정과 목소리로 글쓰기가 나와 잘 어울린다며, 내가 잘할 수 있을 것 같다고 응원해줬다.

　어쩌면 그 순간 나는 친구의 반응을 오해한 것일지도 모른다. 그저 별 뜻 없이 상대방 기분을 맞춰주기 위한 립서비스였을 수도 있다. 하지만 그 반응이 나에겐 진심으로 다가왔기에 나는 자신을 가졌고, 한번 시작해보자고 결심할 수 있었다. 그래서 나는 집으로 돌아오는 버스 안에서 집 근처 독립서점의 글쓰기 모임을 바로 신청하였다.

　생전 일기도 제대로 써본 적이 없던 나는 서른여덟이라는 적지 않은 나이에 그렇게 글쓰기란 것을 처음 시작하게 되었고, 어느덧 글쓰기 모임에 참여한 지도 1년이 다 되어 가고 있다. 첫 모임을 앞두고 글을 쓰기 위해 노트북을 마주하고 앉아 느꼈던 막막함은 지금도 생생히 기억할 수 있다. 어떤 주제로 글을 써야 하는지, 무엇보다 내가 쓰고 싶어 하는 글의 장르가 도대체 무엇인지 모를 때의 그 막

막함. 에세이인지, 논픽션인지, 소설인지, 아니면 장르도 제대로 구분할 수 없는 정체불명의 글인지 갈피도 잡지 못한 채 말도 안 되는 이상한 글을 쓰며 몇 주의 모임이 후다닥 지나가 버렸다. 그런 상태로 몇 번 더 모임이 지나갔다면 난 아마 거기서 글쓰기 모임을 그만두었을 것이다. 하지만 다행스럽게도 나는 내가 써야 하는 글의 방향을 비로소 잡을 수 있었고, 글쓰기 모임을 그만두는 일은 일어나지 않았다.

나의 글쓰기 방향은 바로 소설이었다. 어느 날 나는 노트북의 하얀 화면 속 깜빡이는 커서를 바라보며 이제부터 소설을 써야겠다, 고 결심했다. 그러한 결심을 하게 된 이유는—지금도 확신할 수 없지만—아무래도 소설의 가장 큰 특징, 바로 허구성 때문이 아니었을까 생각한다. 당시 내가 썼던 글은 대부분 나 자신 또는 내 주변 사람들을 소재로 했는데, 에세이의 형태로 쓰자니 그러한 것들이 너무 적나라하게 드러나는 느낌이 들었다. 마치 나 자신이 발가벗겨져 사람들 앞에 내던져진 느낌이랄까? 그 결과 나도 모르게 자꾸만 감추려 하고, 거짓으로 포장을 하는 글이 되어버렸다. 결국 나의 일상과 감정을 솔직하게 쓰려고 했던 글이 솔직하지 못하게 되니 스스로 글을 쓰는 데 있어서 자신이 없어지고 회의감도 들었다.

그런데 어느 순간 소설이라는 형태를 빌려서 실제 사건과 인물들의 이야기를 쓰기 시작하니 정말 신기하게도 글 속에서 그것들이 스스로 허구의 이야기와 인물들을 창조해 나가는 경험을 하게 되었다. 내가 쓴 소설 속 인물들과 사건들이 실재하는 인물과 사건이기도 하면서, 동시에 허구의 인물과 사건이 되기도 한 것이다. 그러자 나는 내가 느끼고 생각했던 것들, 내가 말하고 싶어 하는 것들을 보다 부담 없이 쓸 수 있게 되었다. 그렇게 부담이 줄어들고 점점 흥미가 생기면서 지금까지 글쓰기 모임을 할 수 있게 되었던 것이다.

소설을 쓰자고 결심한 후 최대한 꾸준하게 매주 한 편씩의 짧은 소설을 쓰다 보니 어느새 이십여 편의 글이 모였다. 모두 부족하고 부끄러운 글들이지만, 그래도 한 해동안 해온 작업의 열매를 맺어보자는 의미에서 개인적으로 애착이 가는 열두 편을 모아 한 권의 책으로 만들어 보기로 했다. 그리고 그렇게 나온 결과물이 바로 이 책,「당신의 계절이 지나가면」이다.

아무래도 처음에는 열두 편의 소설들이 동일한 컨셉이나 목적에 의해 쓰인 게 아니다 보니 한 권의 책으로 엮었을 때 구성이 혼란스럽거나 난잡해지지는 않을까 걱정이 되기도 했다. 하지만 선택된 글을 하나하나 살펴보니 조금씩 차이는 있지만, 그 속에 어느 정도 유사한 이미지와 감정을 담고 있다는 것을 깨달았다. 그건 바로 지나간 시간을 향한 그리움과 아쉬움, 그리고 지금 살아가고 있는 현재에서 느끼는 체념 또는 작은 희망이었다.

첫 번째 소설 「스물네 살 그해 여름」부터 마지막 소설 「어바웃 주얼」까지 열두 편의 소설 속에 나오는 인물들은 때론 아름답고 따뜻한, 때론 잊고 싶을 정도로 아프고 괴로운 기억을 가지고 있지만 그러한 기억 전부를 그저 가만히 품에 안고 묵묵히 하루하루를 살아간다. 철없고 순수했던 시절을 그리워하면서도 현실을 담담하게 받아들이고(「스물네 살 그해 여름」, 「보통의 하루」, 「고양이가 돌아왔다」), 헤어진 연인 또는 친구와의 추억을 떠올리며 감상에 젖기도 한다(「늦은 밤 그 길을 걸으며」, 「여름밤의 꿈」, 「삼척에서 온 편지」, 「필승」, 「여름이 지나가고」). 때때로 그들은 가족과 함께했던 기억에서 슬픔과 기쁨, 또는 아픔을 되새기기도 한다(「I wish your love and peace」, 「엄마와 함께 하는 시간」, 「걱정과 참견」, 「어바웃 주얼」).

나는 이러한 소설 속 이미지와 감정들이 어쩌면 계절이 상징하고 은유하는 것들과 맞닿아 있다고 생각했다. 우리가 사는 동안 계절은 수없이 지나가지만, 또 그만큼 수 없이 많은 계절이 새로 시작되기도 한다. 우리가 함께한 가슴 설레고 아름다웠던, 어쩌면 한없이 시리고 먹먹했던 계절은 이제 지나가 버렸지만, 우리는 여전히 그 계절을 가슴속에 소중하게 간직하고 있다. 그리고 새롭게 다가올 계절을 기다리며, 또 계절과 함께 간직하게 될 새로운 추억들을 기대하며 하루하루를 살아간다. 여기 실린 소설 속 인물들이 그렇게 계절을 보내고, 또 계절을 맞이하며 살아가듯이 말이다. 그래서 이 책의 제목도 열두 편의 소설이 가지고 있는 이러한 계절의 의미가 조금 더 잘 전달될 수 있도록 수록작으로 정하는 대신 별도의 새로운 제목으로 짓게 되었다.

소설이라고는 한 번도 써본 적 없던 내가 그래도 매주 계속해서 소설 비슷한 글을 쓸 수 있었던 건, 분명 무라카미 하루키 때문이라고 말할 수 있다. 십 대 시절부터 읽어 온 그의 소설과 에세이들을 흉내 내며 어떻게든 한 편 한 편 소설을 완성했던 것 같다. 물론 이 책에 실린 소설들이 그의 작품과 비슷하다고 말할 수는 절대 없다. 비교할 말한 수준조차 안 되기 때문이다. 그래도 하루키의 소설이 있었고, 내가 그의 소설을 좋아했고, 그리고 그의 소설을 따라 하려고 부단히 노력했기에 중간에 그만두지 않고 계속해서 소설을 쓸 수 있었던 것 같다.

　내 소설들에 영감을 준 것을 하나 더 언급하자면, 그
건 바로 가수 윤종신의 노래이다. 정확히 말하면 그의 노
래 가사들이다. 그가 쓴 가사 중에는 좋았던 옛 추억을 잊
지 못해 그리워하고 아쉬워하는, 그래서 자신이 했던 잘못
을 후회하는 조금은 지질한 남성들의 얘기가 종종 나온다.
그러한 가사에서 느껴지는 이미지와 감정들을 소설을 쓰
는 동안 많이 참고했고, 몇몇 소설에서는 가사를 문장이나
대사 등에 활용하기도 했다. 그의 팬으로서 그가 앞으로도
오랜 시간 동안 꾸준히 좋은 노래를 만들고 불러주기를 바
랄 뿐이다.

　앞서 언급했듯 여기에 실린 소설 대부분은 개인적인
경험과 함께, 주변 인물들을 관찰하며 느낀 것, 그리고 건
너들은 이야기들이 소재로 사용되었다. 그래서 비록 본인
은 모르고 있겠지만, 소설 속 인물이 되어주고 소설 속 사
건을 제공해 준 모든 사람들에게 고맙다는 말을 전하고 싶
다. 또 무엇보다 1년 동안 꾸준하게 글을 쓸 수 있게끔 용
기를 주고 응원을 해줬던 동선동 작은 서점 부비프의 두
대표님과 글방을 함께 했던 모든 사람들에게 진심으로 감
사를 드린다. 그리고 내가 썼던 글들을 모아 이렇게 한 권
의 책으로 만들 수 있게끔 많은 조언을 해주고 꼼꼼하게

작가의 말

도와주셨던 1984Books의 대표님에게도 감사를 드린다. 마지막으로 내가 글쓰기를 해보고 싶다는, 조금은 허무맹랑한 계획을 얘기했을 때 그 계획을 진심으로 응원해 준 친구에게도 언제가 될지는 모르겠지만 이 책을 주며 네 덕분이라고, 정말로 고마웠다고 말을 하고 싶다.

2020년의 끝도 이제 얼마 남지 않았다. 올해도 계절이 그렇게 지나갔고, 또 어느새 새로운 계절이 다가올 것이다. 계절이 지나갈 때마다 나는 조금 더 성장한 것 같기도 하고, 어떻게 보면 예전과 변함없이 여전한 것 같기도 하다. 어느 것이 맞는 건지, 그리고 어느 것이 좋은 건지 지금도 알 수가 없다. 나는 그저 그 계절이 내게 준 것들을 마음속에 계속해서 간직할 수 있기를 희망할 뿐이다. 그리고 그렇게 내일을 살아갈 수 있기를 바란다. 지금과 같이 꾸준하게 소설을 쓰면서 말이다.

2020년의 끝자락, 계절을 보내며
주얼 드림

당신의 계절이 지나가면

주얼 2021

초　　판 1쇄 펴낸날 ｜ 2021년 1월
　　　 4쇄 펴낸날 ｜ 2021년 6월
개정1판 1쇄 펴낸날 ｜ 2022년 1월
개정2판 1쇄 펴낸날 ｜ 2024년 5월

지은이 ｜ 주얼
편　집 ｜ 주얼
디자인 ｜ 주얼
제　작 ｜ 주얼

펴낸곳 ｜ 이스트엔드
펴낸이 ｜ 주얼
이메일 ｜ eastend_jueol@naver.com
S N S ｜ @eastend_jueol

I S B N ｜ 979-11-977460-5-5-03810